Die Erfindung von Alice im Wunderland

Die Erfindung von Alice im Wunderland

Wie alles begann

PETER HUNT

Aus dem Englischen von Gisella M. Vorderobermeier

wbg THEISS

Die englische Originalausgabe erschien 2020 unter dem Titel
The Making of Lewis Carroll's Alice and the Invention of Wonderland.

Die Deutsche Nationalbibliothek verzeichnet diese Publikation in der
Deutschen Nationalbibliografie; detaillierte bibliografische Daten sind
im Internet über www.dnb.de abrufbar.

wbg THEISS ist ein Imprint der wbg.

Die Herausgabe des Werkes wurde durch die Vereinsmitglieder
der wbg ermöglicht.
Satz: Textbüro Vorderobermeier GbR, München
Einbandabbildungen: Vorne: Illustration von John Tenniel aus *Alice's Adventures
in Wonderland*, 1865. Hinten: Charles Dodgson, 1857. © The Governing Body of Christ Church,
Oxford, Carroll-Photography-[A].VII-Album, fol. 39gr
Einbandgestaltung: Vogelsang Design, Aachen, unter Verwendung des Einbandlayouts der
Originalausgabe von Dot Little, Bodleian Library.

Gedruckt auf säurefreiem und alterungsbeständigem Papier
Printed in Europe

Besuchen Sie uns im Internet: www.wbg-wissenverbindet.de

ISBN 978-3-8062-4264-5

Elektronisch sind folgende Ausgaben erhältlich:
eBook (PDF): ISBN 978-3-8062-4265-2
eBook (epub): ISBN 978-3-8062-4266-9

INHALT

CHARLES UND LEWIS

„Mit einem Namen, wie du ihn hast, könntest du jede x-beliebige Form haben, beinahe."

Die meisten Autorinnen und Autoren, die zu Charles Lutwidge Dodgson und den „Alice"-Büchern gearbeitet haben, bevorzugen für deren Verfasser seinen Künstlernamen, „Lewis Carroll". Diesen hatte er im Jahr 1856 angenommen, auf Veranlassung des Herausgebers der *Comic Times*, zu der er einige unbeschwerte Verse beigetragen hatte. Er schlug zwei Anagramme vor, die aus Charles Lutwidge gebildet waren – „Edgar Cuthwellis" und „Edgar U.C. Westhill" –, entschied sich aber schließlich für „Lewis Carroll", einer typisch Dodgson'schen Logik folgend gewonnen aus Lutwidge (einer Form von Ludovic oder Louis) und Charles (einer Form von Carolus). Wie wir noch sehen werden, war „Lewis Carroll" für Charles Dodgson nur ein kleiner (wenn auch äußerst profitabler) Teil seines Lebens, zudem einer, den er, soweit ihm dies möglich war, sorgsam von allem anderen trennte. Als im Katalog der Bodleian Library von den mathematischen Werken von Charles Dodgson auf die eher dem Bereich des Fantastischen angehörenden Werke von „Lewis Carroll" verwiesen werden sollte, erhob er vehement Einspruch. Und so scheint es, da die „Alice"-Bücher dem ganzen Menschen entstammen, am logischsten, auch bei dessen Namen und nicht bei seinem Pseudonym zu bleiben.

VORWORT

„Würdest du mir bitte sagen, wie ich von hier aus weitergehen soll?“

Und doch bedeuten Wörter, wie ihr wisst, mehr, als wir damit ausdrücken wollen, wenn wir sie verwenden: Ein ganzes Buch sollte also schon um einiges mehr bedeuten, als der Autor im Sinn hatte.
– Charles Dodgson über *Die Jagd nach dem Schnatz*[1]

Im Dezember 1865 brachte der Londoner Verleger Macmillan das Buch eines 33-jährigen Mathematikdozenten aus Oxford, Charles Dodgson, heraus. Es war zu einer gewissen Verzögerung gekommen, da die Qualität des ersten Drucks, für den Dodgson selbst aufgekommen war – was ihn fast ein Jahresgehalt gekostet hatte –, nicht seinen peniblen Ansprüchen genügte. Es war ein Kinderbuch, aber ein eher eigenartiges, denn es war vom seinerzeit berühmtesten Illustrator und Satiriker, John Tenniel, illustriert, und seltsamer noch: Es unterschied sich von fast jedem bisher erschienenen Kinderbuch darin, dass dahinter keine moralische Aussage zu stehen schien. Das Buch hieß *Alice's Adventures in Wonderland* (dt.: *Alice im Wunderland*) und 153 Jahre später war es – zusammen mit seiner Fortsetzung *Through the Looking-Glass* (1872, dt.: *Alice hinter den Spiegeln*) – so sehr Teil einer weltumspannenden Kultur geworden, dass der russische und der britische Botschafter bei den Vereinten Nationen im Streit über die mutmaßliche Vergiftung eines Spions in Großbritannien Zitate daraus austauschten.

Die „Alice“-Bücher gehören zu den meistzitierten, am häufigsten angeführten, bekanntesten (wenn auch vielleicht nicht immer tatsächlich gelesenen) Büchern in englischer Sprache, denen zudem nachgesagt wird, sie hätten den Lauf der Kinderliteratur geändert – durch eine bis zur Anarchie reichende Parteiname für den kindlichen Leser und die kindliche Leserin. Aber

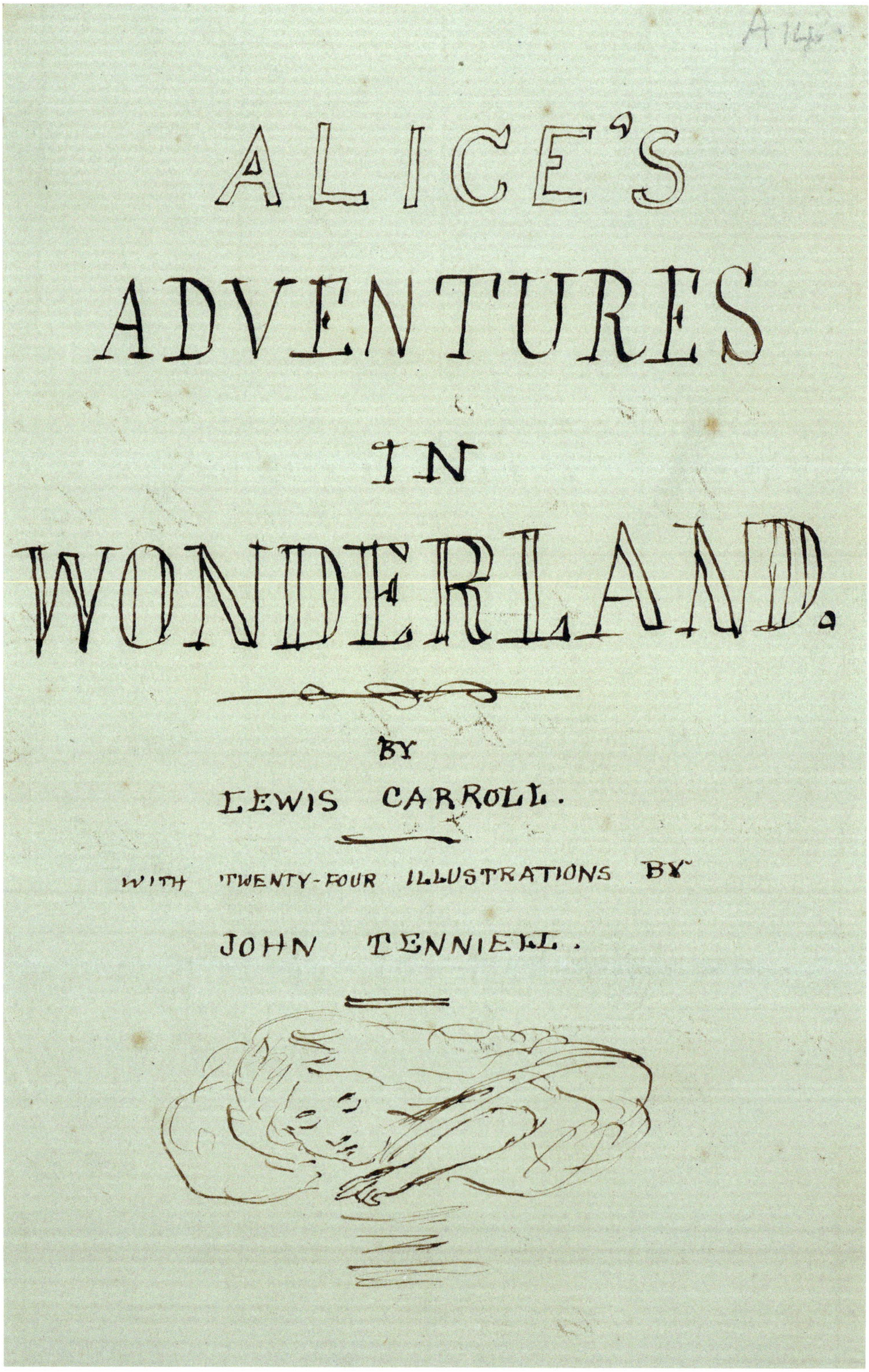

Der übergenaue Charles Dodgson nahm Anteil an jedem Aspekt der Gestaltung seiner Bücher – sogar am Entwurf der Titelseite. Dies war wahrscheinlich der erste Versuch, irgendwann im Jahr 1864: Die Illustration und die Falschschreibung von Tenniels Namen blieben nicht bis zur endgültigen Version erhalten. Die Zunahme der Anzahl der Illustrationen auf die mystische Zahl von 42 (siehe Kap. 5) stand noch bevor.

das ist es nicht, was sie für die Fans so faszinierend macht und für die Wissenschaftlerinnen und Wissenschaftler, die Tausende von Artikeln und Hunderte von Büchern darüber hervorgebracht haben. Sie unterscheiden sich von den meisten Kinderbüchern, die vor ihnen kamen (und den meisten, die nach ihnen kamen) durch ihre schiere *Dichte*: Es gibt kaum einen Satz, der nicht mehrere Bedeutungen, vielerlei Scherze, verschlüsselte Anspielungen auf intellektuelle, politische und persönliche Dinge transportieren würde. Da gibt es keine Überlänge, kein Beiwerk, keine Nebensächlichkeiten, kaum irgendeine Abweichung von einer auf das Kind ausgerichteten Erzählstimme: Wir haben es hier mit Büchern zu tun, in denen ein erstaunlich beweglicher, komplexer und spielerischer Geist unmittelbar und emphatisch mit seinem Publikum kommuniziert. Außerdem war Dodgsons Geist ganz der eines in sich widersprüchlichen Menschen aus der mittleren Periode des Viktorianischen Zeitalters – man sollte nicht vergessen, dass die Entstehungszeit von *Wunderland* und *Hinter den Spiegeln* fast genau in die Mitte der Regierungszeit von Queen Victoria fällt.

Die Entstehungsgeschichte der Bücher zu enträtseln, ist ein besonders gefährliches Unterfangen: So undurchsichtig sind die Spiele, die der Autor treibt, dass jeder, der nach den Bausteinen der Bücher sucht, mit einem Gewebe aus Möglichkeiten, Wahrscheinlichkeiten, Spekulationen und sehr oft auch Dingen zurückbleibt, die auf so geniale Weise psychedelisch sind, dass wir wünschten, sie wären wahr. Diese Bücher sind der Traum eines jeden Verschwörungstheoretikers!

Das Ganze wird dadurch nicht gerade einfacher, dass es *vier* „Alice“-Bücher gibt: Da ist eine handschriftliche Version, *Alice's Adventures Under Ground*, die Dodgson seiner kindlichen Freundin Alice Liddell zueignete. Er entwickelte dieses Material dann zur letztlich publizierten Fassung *Alice's Adventures in Wonderland* (dt.: *Alice im Wunderland*) weiter. Dann, nach fünf Jahren sporadischer Arbeit daran, kam die Fortsetzung *Through the Looking-Glass* (dt.: *Alice hinter den Spiegeln*). *Wunderland* und *Hinter den Spiegeln* sind im Bewusstsein der Leserinnen und Leser so miteinander verschmolzen, dass selbst glühende Verehrerinnen und Verehrer der Bücher (und sicherlich der britische Botschafter) sich damit schwer täten, zu sagen, welche Figur in welchem Buch vorkommt. Außerdem war, während *Under Ground* und in geringerem Maße *Wunderland* für *ein Kind* verfasst waren, *Hinter den Spiegeln* für *Kinder* geschrieben, wobei es aber paradoxerweise einen unverkennbar persönlichen und elegischen Ton hat, der das verlorene Kind aus dem ersten Buch heraufbeschwört. Und schließlich ist da *The Nursery „Alice“* (dt.: *Die kleine Alice*), Dodgsons ebenso radikale wie sentimentale (und für einen Großteil der modernen Leserschaft hochgradig peinliche) Neufassung aus dem Jahr 1890, die ganz offenkundig auf ein jüngeres Publikum abzielte.

Winston Churchills berühmter Ausspruch über Russland aus dem Jahr 1939 ließe sich auch auf die „Alice“-Bücher übertragen: Sie sind „ein Rätsel, umgeben von einem Mysterium, das in einem Geheimnis steckt; aber vielleicht gibt es einen Schlüssel.“ Dieses Buch begibt sich auf die Suche nach einem Schlüssel – auch wenn die Aufgabe nicht minder schwierig zu bewältigen ist als der Versuch von Alice, in dem großen Saal von *Wunderland* den goldenen Schlüssel zu fassen zu bekommen. Wir werden allerhand Schrumpf- und Wachstumsprozesse und Herumgeplantsche über uns ergehen lassen müssen.

Dodgson war trotz des Bildes, das uns oft vermittelt wird, nämlich das eines zurückgezogenen Dozenten, der ein beschauliches Leben zwischen den verträumt daliegenden Turmspitzen von Oxford führt, ganz ein Mann seiner Zeit. Er war sich nicht nur überdeutlich sozialer, kultureller und religiöser Fragen bewusst, sondern er war, wie das Viktorianische Zeitalter selbst, ein Bündel von Widersprüchen. Folgt man seiner eigenen Darstellung, so wurden seine Bücher nach und nach entwickelt: Als er die erste Geschichte zu Papier gebracht habe, so merkte er an, habe er „viele neue Ideen hinzugefügt, die ganz von selbst aus dem ursprünglichen Material zu wachsen schienen.“

Dieses Buch unterzieht die verschiedenen Schichten von Ideen einer näheren Betrachtung, die in die Entstehung der „Alice“-Bücher einflossen. Zuerst ist da die Welt, die die ursprüngliche Alice und ihre Geschwister wiedererkannt hätten: *Under Ground* und *Wunderland* sind voller privater Scherze und Anspielungen. Dann ist da die Welt, in der Dodgson lebte: die Welt von Oxford, die Welt der großen und kleinen Politik, die Welt viktorianischer religiöser und intellektueller Scharmützel, die sich über den Köpfen der Kinder abspielten. Und dann ist da die private Welt in Charles Dodgsons Kopf. Humphrey Carpenter beschrieb Charles Kingsley, den Mann, der ein anderes berühmtes Kinderbuch (vielleicht das neben *Alice* berühmteste) dieser Zeit, *The Water Babies* (dt.: *Die Wasserkinder*), schrieb, als „den ersten Schriftsteller Englands, vielleicht den ersten

Charles Dodgson, Mathematikdozent in Christ Church im Alter von 26 Jahren – ein „unterstütztes Selbstporträt", 2. Juni 1857. Er schrieb in sein Tagebuch: „Verbrachte den Morgen im Dekanat ... Die zwei lieben kleinen Mädchen, Ina und Alice, waren den ganzen Morgen über bei mir. Um die Linsen auszuprobieren, machte ich ein Bild von mir selbst, für das Ina den Kameradeckel abnahm und natürlich alles für ihr Werk hielt."

„Meine ideale kindliche Freundin." Ein liebevolles Porträt der rätselhaften Alice Liddell, im Sommer 1858 im Alter von sechs Jahren. Dodgson wandte die sogenannte Kollodium-Nassplatten-Technik an, woraus Glasplattennegative (und reichlich Flecken auf den Händen des Fotografen) resultierten.

weltweit mit Ausnahme von Hans Christian Andersen, der entdeckt hat, dass ein Kinderbuch das perfekte Vehikel für die persönlichsten und privatesten Belange eines Erwachsenen sein kann."[2] Charles Dodgson hätte dem sicher zugestimmt, aber als ein Meister der intellektuellen Verhüllung tendierte er, anders als Kingsley, nicht dazu, sein Herz auf der Zunge zu tragen.

Bevor wir beginnen, sind ein paar warnende Worte angebracht. Manche Kritiker stimmen mit dem ersten Kinderbuchhistoriker, F. J. Harvey Darton, überein, wenn er sagt, es gebe „von Anfang bis Ende keinen verborgenen Gedanken, kein tieferes Motiv in den ‚Alice'-Büchern."[3] Aber die meisten würden Derek Hudsons Ansicht teilen, dass „die ‚Alice'-Bücher … bis zu einem gewissen Grad ein autobiografisches Sammelsurium [sind], das mit außergewöhnlichem Können ineinander verwoben ist: eine Odyssee des Unterbewussten."[4] Andere sind, wie Martin Gardner, Herausgeber von *The Annotated Alice* (dt.: *Alles über Alice*), vorsichtiger:

> Der springende Punkt freilich ist, daß jedes beliebige Nonsens-Werk von einladenden Symbolen nur so wimmelt, so daß man dem Autor ganz nach Belieben irgendetwas unterstellen kann und dafür dann zuhauf Belege beibringen kann … [Die Sache ist die,] daß Bücher mit phantastischen Nonsens-Geschichten nicht so ein fruchtbarer Quell psychoanalytischer Einsichten sind, wie man das zunächst annehmen möchte. Sie sind nämlich überreich an Symbolen. Die Symbole ziehen zu viele Erklärungen nach sich.[5]

So werden wir also zwischen den Polen des allzu Einfachen und Wortwörtlichen und des zu Komplizierten und Spekulativen navigieren müssen … was uns zu einem historischen Moment bringt: ein gewisses Boot auf einem gewissen Fluss an einem bestimmten Tag eines bestimmten Jahres.

1

ZWEI MÄNNER UND DREI MÄDCHEN IN EINEM BOOT

Und es war wirklich ein wenig ärgerlich … daß sie zwar im Vorübergleiten sehr viele schöne Binsen einheimsen konnte, aber immer stand eine noch schönere dort, wo sie sie nicht mehr zu fassen bekam.[1]

Es gab vieles, was den facettenreichen Charles Dodgson amüsierte, und was sicher dazugehört hätte, ist die Art, wie die Welt sein verschlungenes, zum Obsessiven tendierendes und seine Gestalt ständig änderndes Universum in eine schlichte Geschichte zu verwandeln trachtete.

Wo könnte man mit diesem Prozess besser beginnen als bei dem berühmtesten Bootsausflug in der Erzählkunst – oder dem berühmtesten fiktionalen Bootsausflug. Wir schreiben Freitag, den 4. Juli 1862. Schauplatz ist die Themse nahe Oxford (deren dortiger Teil auch als „Isis“ bekannt ist, eine fälschliche Ableitung von „Tamesis“). Zwei junge Kirchenmänner, Charles Dodgson (29) vom Christ-Church-College (bekannt als „The House“), der beim Rudern den Platz im Bug einnimmt, und sein Freund Robinson Duckworth (27) vom Trinity College, der den im Heck einnimmt, machen mit dreien der Töchter des Dekans von Christ Church – Lorina (13), Alice (10) und Edith (8) – einen Bootsausflug. Daran ist nichts Ungewöhnliches: Tatsächlich ist es eine Art Mode – und taktisch vermutlich nicht unklug – unter jungen Dozenten, die Töchter ihrer älteren Kollegen zu solchen Ausflügen mitzunehmen. Vielleicht weil die Szenerie auf dem Weg flussaufwärts nach Osney eher langweilig ist, bitten die jungen Damen um eine Geschichte – oder deren Fortsetzung, denn dies ist nicht die erste derartige Expedition. Charles, der als Teenager Erzählungen für Familienzeitschriften geschrieben (darunter eine Satire auf die angelsächsische

„Wie üblich", erinnerte sich Alice im Alter, „wurden wir drei Kinder, nachdem wir unser Boot mit der größten Sorgfalt ausgewählt hatten, im Heck verstaut, und Mr. Dodgson nahm den Platz des Schlagmanns ein." John und Stephen Salters Bootsanleger, Folly Bridge, Oxford (ca. 1870), wo der berühmte Ausflug vermutlich seinen Ausgang nahm.

Dichtung mit dem Titel „Jabberwocky") und humorvolle Verse zur *Comic Times* beigesteuert hatte, willigt ein.

Viele Jahre später – und man sollte nicht vergessen, dass es tatsächlich viele Jahre später war, nämlich 1899 – erinnerte sich Duckworth an den Ausflug:

> ... tatsächlich wurde die Geschichte *über meine Schulter hinweg* komponiert und gesprochen für Alice Liddell, die als „Steuermann" unseres Boots agierte. Ich kann mich erinnern, wie ich mich umdrehte und sagte, „Dodgson, ist das eine Stegreifgeschichte von dir?" Und er gab zurück, „Ja, ich erfinde sie, während wir fahren."[2]

Alice' Vater, Henry George Liddell (1811–1898), der respekteinflößende Dekan von Christ Church, war gar kein schlechter Künstler und hatte eine Gabe für Stegreifskizzen. Diejenigen, die er zwischen 1855 und 1891 mit seinem goldenen Füllfederhalter während der College-Sitzungen auf dem offiziellen rosa Löschpapier hervorbrachte, wurden sofort zu Sammelobjekten.

(Auch Duckworth war sich im Übrigen nicht zu schade, etwas zu der Erzählung beizusteuern, von ihm stammt offenbar die Idee mit der Falschen Suppenschildkröte.) Alice Liddell selbst, die 1934 verstarb, entsann sich – und das Verb ist nur zu angebracht – im Alter „des strahlenden Sommernachmittags", und Dodgson begann die publizierte Fassung, *Alice's Adventures in Wonderland*, mit einem passend idyllischen Vers:

Gemach im goldenen Nachmittag
Gleiten wir leis dahin …

Und natürlich endete die Geschichte, wie wir gesehen haben, nicht hier: Als sie nach Hause kamen, schrieb Dodgson die Geschichte als *Alice's Adventures Under Ground* nieder, fügte seine eigenen Illustrationen hinzu und überreichte das Werk Alice.

Das ergibt eine gute Geschichte, und das sollte es auch, denn der Großteil davon *ist* eine Geschichte: Nicht, dass es etwa eine bewusste Erfindung gewesen wäre, aber es war nur menschlich, wenn Duckworth und die bereits betagte Alice den Glauben an den Mythos vom Anfang von etwas teilten, was binnen 40 Jahren ein Bestseller und binnen 70 Jahren eine Institution geworden war.

Es ist eine derart charmante Geschichte, dass die Stadt Oxford noch immer jedes Jahr den sogenannten „Alice's Day" begeht und „Lewis Carroll" als einen ihrer berühmtesten Söhne angenommen hat – trotz der Tatsache, dass er aufgrund der Kürze des akademischen Jahrs in Oxford viel (wenn nicht den Großteil) seiner Zeit anderswo verbrachte. Sie ist so charmant, so angemessen für die Geburt eines Kinderbuchs (gibt es doch den Mythos, dass die besten – *Pu der Bär, Die Schatzinsel, Der Wind in den Weiden, Der kleine Hobbit* – mit Geschichten für ein ganz bestimmtes Kind begannen), dass es nicht wirklich wichtig ist, wenn das Wetter an jenem Tag, weit von einem goldenen Nachmittag entfernt, „nasskalt" war. Ebenso ist es belanglos, dass es sich bei *Wunderland* mit ziemlicher Sicherheit um ein Konglomerat von Geschichten handelt, die anlässlich mehrerer Flussexkursionen erzählt wurden, bei mehreren sonnigen oder regnerischen Picknicks. Tatsächlich hat Dodgson dies selbst zugegeben, etwa 20 Jahre später, als aus dieser „Flussgeschichte" ein höchst erfolgreiches Buch geworden war und aus dem Buch ein etwas weniger erfolgreiches Theaterstück. In einem Artikel in *The Theatre* (April 1887) sinnt er darüber nach, wie es dazu kam:

> So manchen Tag waren wir zusammen auf diesem stillen Strom gerudert – die drei kleinen Damen und ich – und so manches Märchen war für sie aus dem Stegreif erfunden worden ... doch bei keiner dieser vielen Erzählungen kam es dazu, dass sie aufgeschrieben wurde: Sie lebten und starben, wie sommerliche Eintagsfliegen, jede an ihrem eigenen goldenen Nachmittag, bis der Tag kam, an dem, wie es der Zufall wollte, eine meiner kleinen Zuhörerinnen darum bat, die Erzählung möge für sie niedergeschrieben werden.[3]

Aber was für einen Mythos zählt, ist, dass es eine einzige, an einem sonnigen Tag erzählte Geschichte *hätte sein sollen* – und so hat der Mythos die Realität überflügelt und ist unsterblich geworden.

Die Welt von Alice: das Tor in der Mauer des Dekanatsgartens, geöffnet hin zur Christ Church, der Kathedrale von Oxford.

Der Broad Walk, Christ Church, hier in einer Ansicht aus dem Jahr 1857, umfasste einst drei Ulmen, die Alice und ihre Schwestern 1863 im Beisein von Charles Dodgson zum Gedenken an die Hochzeit des Prinzen und der Prinzessin von Wales gepflanzt hatten.

Sechs Monate später, am 10. Februar 1863, kam Dodgson, ein penibler, ja geradezu besessener Tagebuchschreiber, auf seinen Eintrag vom 4. Juli zurück und fügte die Geschichte vom Erzählen der Geschichte hinzu. Vielleicht teilte er Kenneth Grahames Ansicht, „hauptsächlich aus den Worten wenn und hätten" bestehende Geschichten seien „immer die besten ... Man kann sie erleben, ohne Schaden an Leib und Seele zu nehmen. Sie sind unsere ureigensten Abenteuer, und niemand kann sie uns stehlen."[4] Aber vor allem wusste Dodgson, der ein ebenso großes Geschick für die Vermarktung seiner Geschichten hatte wie für die meisten anderen Dinge, wie er die sentimentalen Empfindsamkeiten seiner viktorianischen Zeitgenossen nutzen konnte, und eine Geschichte, die an einem verträumten Nachmittag im Herzen Englands an unschuldige

Zwischen 1868 und 1901 produzierte die Buchhandlung und Druckerei Thomas Shrimpton and Son, of Broad Street, Oxford, mehr als 1000 fotografische Reproduktionen von Karikaturen, größtenteils von Studierenden und für Studierende in den unteren Studienjahren. Sie halten oft Vorfälle fest, die ansonsten von der Geschichte vergessen wurden: Hier züchtigt Dekan Liddell um ca. 1871 unbotmäßige junge Studenten vor dem Sheldonian Theatre.

Zuhörerinnen gerichtet war, war im wahrsten Sinne des Wortes Gold wert. Dodgson behauptete, vielleicht unaufrichtigerweise, dass er nichts dazu könne:

> Manchmal kam mir nachts eine Idee und ich musste aufstehen und Licht machen, um sie niederzuschreiben – manchmal, wenn ich draußen auf einem einsamen Spaziergang war … aber wann immer und wie immer sie kam, *sie kam von selbst*. Ich kann das Erfinden nicht in Gang setzen wie eine Uhr, durch ein willentliches Aufziehen. Auch glaube ich kaum, dass irgendein *originelles* Schreiben (und welches andere Schreiben wäre es wert, dargeboten zu werden) je so entstanden ist … „Alice“ und das „Looking-Glass“ bestehen fast ganz aus Krims und Krams, einzelnen Ideen, die von selbst kamen.[5]

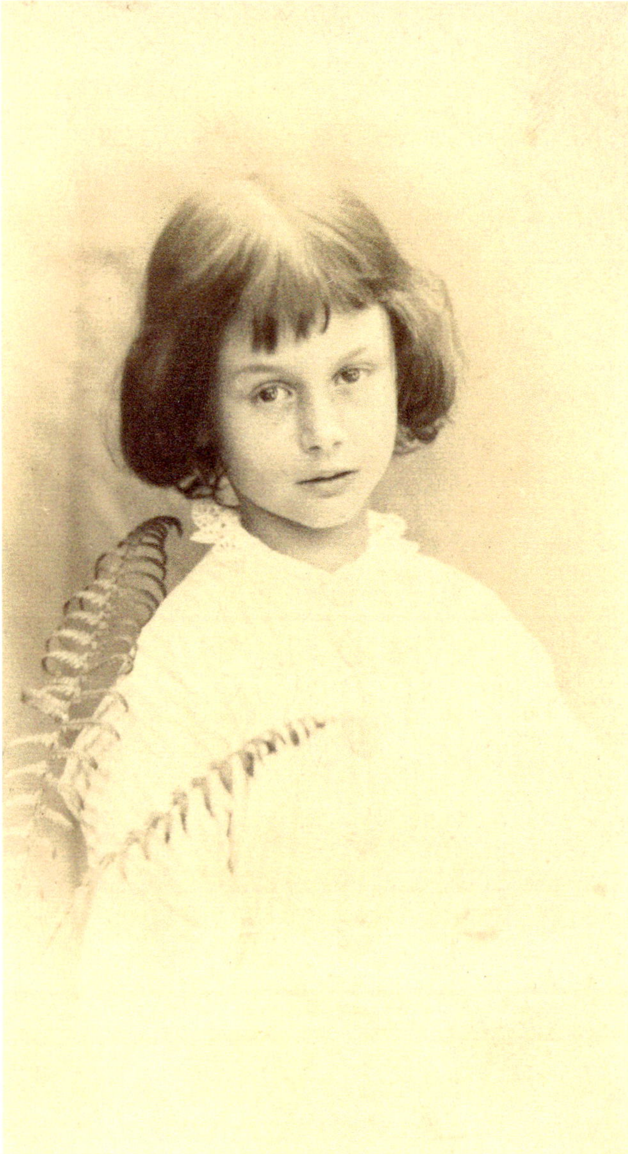

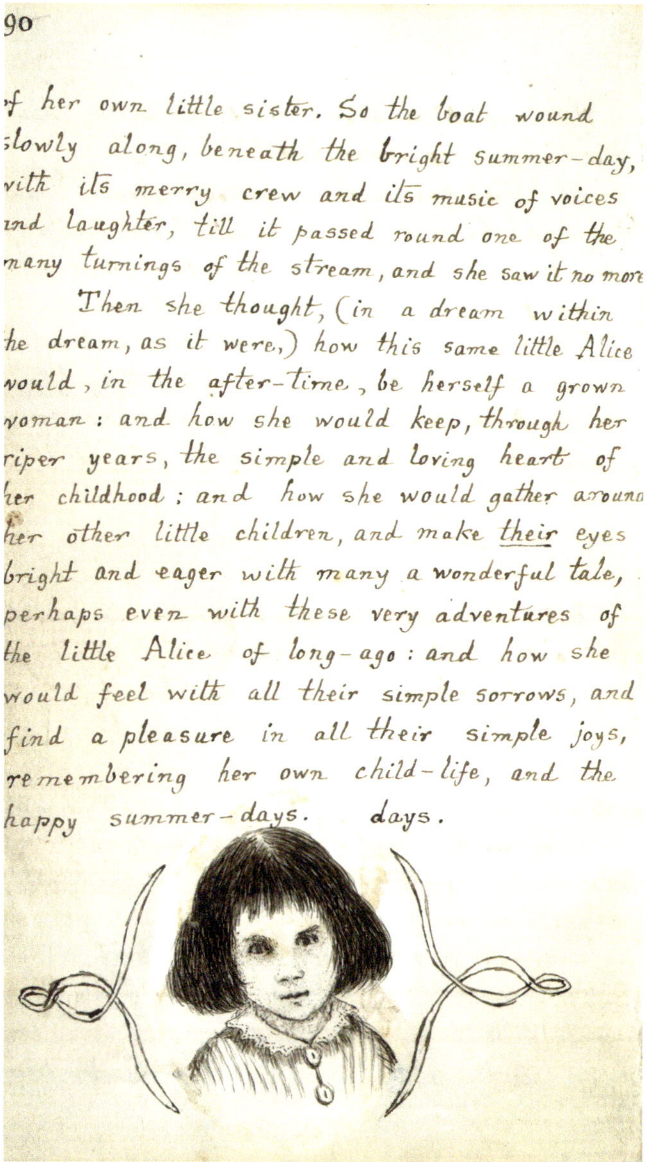

90

of her own little sister. So the boat wound slowly along, beneath the bright summer-day, with its merry crew and its music of voices and laughter, till it passed round one of the many turnings of the stream, and she saw it no more.

Then she thought, (in a dream within the dream, as it were,) how this same little Alice would, in the after-time, be herself a grown woman: and how she would keep, through her riper years, the simple and loving heart of her childhood: and how she would gather around her other little children, and make their eyes bright and eager with many a wonderful tale, perhaps even with these very adventures of the little Alice of long-ago: and how she would feel with all their simple sorrows, and find a pleasure in all their simple joys, remembering her own child-life, and the happy summer-days.

days.

Dodgson beendete *Alice's Adventures Under Ground* mit einem Cameo von Alice, ihrem Gesicht, das in das Manuskript eingeklebt war. Es war aus einer Kopie dieses Fotos ausgeschnitten, aufgenommen im Garten des Dekanats im Juli 1860, als Alice acht Jahre alt war. Erst 1977 wurde entdeckt, dass sich darunter ein handgezeichnetes Porträt von Alice befand.

Aber wenn die Originalgeschichte kein Geschenk der Flussgötter war, woher kam sie dann? Unsere Suche nach dem Ursprung mancher dieser Fetzen mag ebenso gut mit jenem idyllischen Bootsausflug auf der mythologisch überhöhten „Isis“ einsetzen.

Dieses Boot war ein Ausreißer aus einer Welt des Wohlstands und der Privilegien: Christ Church, jenes Oxforder College, zu dem auch die gleichnamige Kathedrale der Stadt gehört, sah sich selbst (und vielleicht tut es dies auch heute noch) als ein Elite-College, und dies wiederum innerhalb der besten Universität der Welt. Als sie das Boot vom Anleger Folly Bridge wegsteuerten, befanden sich sowohl Duckworth als auch Dodgson an der Schwelle zu Höherem: Duckworth war im Begriff, Tutor für Prinz Leopold (den jüngsten Sohn von Queen Victoria) zu werden, und Dodgson war dabei, die besten College-Räumlichkeiten von Oxford zu beziehen, die bald von Lord Bute geräumt werden sollten und von denen aus man einen Blick auf den Tom Quad und den Garten des Erzdiakons von Christ Church hatte (Treppe 7, Zimmer 3).

Auch ihre Passagiere waren recht distinguiert. Sie waren die Töchter einer gut vernetzten und mächtigen Persönlichkeit, Dekan Henry Liddell, und seiner energischen Gattin, Lorina. Diese kommen in einem zeitgenössischen Studentenreim vor, der etwas skurril ist, es aber trotzdem auf den Punkt bringt:

> Ich, der Dekan, sie Mrs. Liddell.
> Sie spielt die erste, ich die zweite Fiedel.
> Sie ist die Broad,
> Ich bin die High –
> Die Universität, das sind wir, ja wir.

[Broad Street und High Street sind die wichtigsten Straßen von Oxford.]

Die älteste Tochter war Lorina Charlotte oder Ina; die jüngste und manchen – etwa John Ruskin – zufolge hübscheste, war Edith. Wer uns aber am meisten beschäftigt, ist Alice Pleasance, das vierte Kind und die zweite Tochter unter zehn Kindern. Und das erste, was es über die „echte" Alice zu sagen gibt, ist, dass sie im wirklichen Leben keineswegs dem ähnlich sah, wie sie auf fast allen Bildern von ihr in Büchern oder Filmen dargestellt wurde.

Auch wenn die „Alice"-Bücher im Laufe der Zeit von gut über 100 Künstlerinnen und Künstlern illustriert wurden, beruht das innere Bild, das viele Leserinnen und Leser von den Charakteren haben, auf dem Werk von John Tenniel – Dodgson selbst beschreibt sie selten. Und so vergisst man leicht, dass das Bild von Alice in *Wunderland* und *Hinter den Spiegeln* nicht Alice Liddell entspricht, sondern Tenniels allgemeiner Vorstellung eines modischen präraffaelitischen Mädchentyps (vielleicht einer gewissen Mary Hilton Babcock, obwohl Tenniel behauptete, keine Modelle zu verwenden). Selbst Dodgsons

ONE OF THE PLEASURES OF PHOTOGRAPHY. — VISITING COUNTRY HOUSES AND CALOTYPING ALL THE ELIGIBLE DAUGHTERS.

Eine spöttische Illustration aus Cuthbert Bedes *Photographic Pleasures* (1855). Dodgson, einem herausragenden Amateurfotografen, war es mehr darum zu tun, Berühmtheiten zu fotografieren, von Prinz Leopold bis zu den Rossettis, George MacDonald, Bischof Samuel Wilberforce und vielen anderen mehr. Bede ist am bekanntesten für sein witziges Porträt des Studentenlebens in Oxford – *The Adventures of Mr. Verdant Green* (1853–57).

eigene Illustrationen in *Alice's Adventures Under Ground* zeigen Alice mit langem blondem Haar und nicht mit den kurzen dunklen Haaren des realen Mädchens.

Und auch mit dem *Alter* der Figur in den Büchern stimmen die meisten Bilder von Alice nicht überein: Sowohl *Under Ground* als auch *Wunderland* spielen sich an Alice Liddells siebtem Geburtstag ab, dem 4. Mai 1859. Wir wissen das, weil *Hinter den Spiegeln* genau sechs Monate später angesiedelt ist, am Tag vor der Guy Fawkes Night, dem 4. November. Alice sieht von ihrem Fenster aus „die Buben Holz für das Neujahrsfeuer zusammentragen … Aber dann ist es so kalt geworden und es hat so geschneit, daß sie aufhören mussten. Na, das Feuer werden wir uns morgen trotzdem ansehen.“[6] Alice bestätigt ihr Alter gegenüber Goggelmoggel (engl.: Humpty Dumpty), was in einem charakteristisch bissigen Wortwechsel resultiert:

> „Siebeneinhalb Jahre!“ wiederholte Goggelmoggel nachdenklich. „Ein ungeschicktes Alter. Also wenn du *mich* gefragt hättest, so hätte ich dir geraten:

Hör auf mit sieben. Jetzt ist es natürlich zu spät."
„Beim Wachsen lasse ich mir von niemandem raten", sagte Alice ungehalten …
„Ich meine … es bleibt einem doch gar nichts anderes übrig, als zu wachsen."
„*Einem* vielleicht nicht", sagte Goggelmoggel, „aber *zweien* schon. Mit dem rechten Beistand hättest du mit sieben ohne weiteres aufhören können."[7]

Die Schauspielerinnen, die Alice in Film- und Fernsehadaptionen altersmäßig noch am nächsten kamen, waren Natalie Gregory in Harry Harris' Fernsehproduktion aus dem Jahr 1985 (sie war bei den Dreharbeiten neun) und Kathryn Beaumont, die 1951 im Alter von zehn Jahren in der Disney-Version Alice ihre Stimme lieh. Typischer waren Charlotte Henry in Norman McLeods mit großem Staraufgebot daherkommendem Paramount-Film von 1933 (19), Fiona Fullerton in William Sterlings Version von 1972 (15) und Anne-Marie Mallik (13) in Jonathan Millers umstrittener Fernsehadaption von 1966. Zuletzt hat Mia Wasikowska Alice in Tim Burtons *Alice in Wonderland* (2010) mit 21 Jahren gespielt und in der Fortsetzung *Alice Through the Looking-Glass* (James Bobin, 2016) mit 27. Nur in Dennis Potters *Dreamchild* (Gavin Millar, 1985) sieht die Schauspielerin (die zwölfjährige Amelia Shankley) tatsächlich Alice Liddell ähnlich. Jedoch handelt es sich nicht notwendigerweise um Fehldarstellungen, denn obwohl die Bücher mehr oder minder für die „echte" Alice geschrieben waren, war Alice Liddell nicht die einzige „kindliche Freundin" in Dodgsons Leben – und nicht einmal die einzige namens Alice. Wie bei fast allen Aspekten dieser Bücher haben wir es hier mit etwas Vielschichtigem zu tun.

Der Mann, der im Bug rudert, ist nicht weniger undurchschaubar. Charles Dodgson, Sohn eines Vikars aus Cheshire (selbst ein Christ-Church-Absolvent), gehörte bereits seit elf Jahren „The House" an: Er war Mathematiker und kein besonders guter Lehrer – zumindest war er nicht gut darin, mit ungebärdigen Erstsemestern umzugehen. Er war unlängst der Anweisung des Dekans nachgekommen, die Residenzpflichten von Christ Church zu erfüllen, hat aber wenig Predigten gehalten. Was ihn vielleicht eher langweilig klingen und die Tatsache, dass er die „Alice"-Bücher hervorbrachte, umso bemerkenswerter erscheinen lässt.

Aber wie mit den meisten Dingen bei Dodgson konnte der Schein trügerisch sein. Er war ein sehr beschäftigter Mann. Ein Pionier der Fotografie, hatte er

„Ein gutes altmodisches Pfarrhaus, innen so *unansehnlich* wie außen." So beschrieb Dodgsons Vater das Familienheim in Croft-on-Tees von 1843 bis 1868. Hier schrieb der junge Charles Familienzeitschriften zur Unterhaltung seiner sieben Schwestern und drei Brüder.

1856 seine erste Kamera erstanden und bis zum Jahr 1862 hatte er Aufnahmen nicht nur seiner Oxforder Freunde, sondern auch von dem 1850 zum Poet Laureate ernannten Alfred Lord Tennyson gemacht; bis zum Jahr 1865 kamen der Illustrator Arthur Hughes, der Schriftsteller George MacDonald und seine Kinder, der Maler John Everett Millais und seine Frau Effie (der wir wiederbegegnen werden), die Rossettis, der Herausgeber von *Punch*, Tom Taylor, und die Schauspielerin Ellen Terry zu seinem Portfolio hinzu. Dodgson war auch ein eifriger Theaterbesucher (obwohl die hohe Geistlichkeit der anglikanischen Kirche über derartige Dinge die Nase rümpfte) und verbrachte viel Zeit in London, so viel, dass er regelmäßig in bestimmten Hotels weilte – in den 1860er-Jahren erst im Old Hummums Hotel in Covent Garden und 1865 dann im Trafalgar Hotel in Spring Gardens.

Auch war Oxford nicht das einzige Zentrum seiner Aktivitäten. Er war der älteste Sohn und das dritte von elf Kindern und blieb seinen Geschwistern

Eine weitere Fotografie aus dem Garten des Dekanats im Juni 1857. In diesem Jahr fotografierte Dodgson seine ersten großen Berühmtheiten, die Familie Tennyson, und publizierte ein komisches Gedicht, „Hiawatha's Photographing“, in der Zeitschrift *The Train*.

Brücke über die Themse bei Godstow, nahe Oxford, 1835. Gemälde von Edward William Cooke (1811–1880).

eng verbunden (vor allem, nachdem sein Vater 1868 starb) – zwei seiner Brüder waren ebenfalls in Oxford. Die langen Ferien verbrachte er mit seinen Schwestern in Croft-on-Tees (später in Guildford) und mit seinen Cousinen in Sunderland, außerdem mietete er sich im Sommer regelmäßig über mehrere Wochen in Whitby (und später Eastbourne) ein.

Wenn er sich jedoch tatsächlich in Christ Church aufhielt, so befand er sich damit in einem der wichtigsten Zentren für kulturelle Debatten (und kleinliche Streitereien) des ganzen Landes – vor allem die Gefechte über die Evolutionstheorie von Charles Darwin und die der verschiedenen Gruppierungen der Kirche von England. Als Experte für Logik, bei dem sich ein konventionell frommer Hintergrund mit einem erfinderischen und fantasievollen Geist vereinte, war

Dodgson nicht der Mann, der die kleinen und großen Dispute ignoriert hätte, die um ihn herum ausgetragen wurden. Wie jeder Individualist konnte er ein Querkopf sein und hatte bis zum Jahr 1862 bereits Fehden angefangen, die ein Leben lang andauerten.

Er konnte auch leicht obsessiv sein – 1853 hatte er sein Tagebuch begonnen (er brachte es schließlich auf 13 Bände) und im Jahr 1861 sein „Verzeichnis versandter und erhaltener Briefe“ (es umfasste schließlich 98 721 Einträge) – und auf dem Höhepunkt seiner Korrespondenzbemühungen schrieb er mehr als 2000 Briefe jährlich. Er hatte perfektionistische Züge, die seinen Illustratoren und Verlegern ebenso wie seinen Kollegen in Christ Church einige Qualen bereiten sollten. Auch hatte er angefangen, eine persönliche Bibliothek aufzubauen, die schließlich auf etwa 4200 Bände (2500 Titel) anwachsen sollte.[8] Sie zeigt eine erstaunliche Bandbreite an Interessen – auch wenn dies vielleicht typisch war für einen gebildeten Viktorianer: Da sind die Naturwissenschaften (pro und contra Darwin), Homöopathie, Zauberei, Astrologie, der Koran, Bücher über Buddhismus, Frauenrechte, Prostitution, Theater, Zirkus und Politik (v. a. die „Irische Frage“). Und er hatte bereits *The Fifth Book of Euclid Treated Algebraically* (1858) und *A Syllabus of Plane Algebraic Geometry* (1860) publiziert.

Aber im Jahr 1862, auf dem Fluss, in diesem mythischen Augenblick, war er lediglich ein etwas exzentrischer, amüsanter junger Mann, der seine Freude daran hatte, ein Boot voller bewundernder Mädchen mit Geschichten zu unterhalten, die „von selbst kamen“. Und doch existieren Geschichten und Bücher – und Kinderbücher vielleicht sogar ganz besonders – nicht in einer idyllischen Welt für sich: Die Zwänge des Genres und die Erinnerung lebenslanger Lektüre verbinden sich, und so ist es nicht verwunderlich, dass sich die über Duckworths Schulter hinweg erzählte Geschichte nicht so ganz als die flüchtige Eintagsfliege entpuppte, als die sie Dodgson beschrieb.

2

VOR ALICE

[I]ch erinnere mich deutlich daran … wie ich, in einem verzweifelten Versuch, eine neue Form der Märchenerzählung zu finden, meine Heldin, für den Anfang, einen Kaninchenbau hinabfallen ließ, ohne die geringste Vorstellung, was danach passieren sollte. – Charles Dodgson, 1887[1]

Die „Alice"-Geschichten stehen in dem Ruf, das Kinderbuch als solches verändert zu haben – *Wunderland* „hat die Kinderliteratur revolutioniert"[2], es war „das erste Mal, dass eine unumwundene … Gedankenfreiheit für Leser, die dies bitter nötig hatten, im Druck in Erscheinung trat"[3], so lesen wir. Ob sich dies tatsächlich so verhält, wurde aber auch lange Zeit in Zweifel gezogen: So befand Edward Salmon, einer der frühesten Kinderbuchkritiker, im Jahr 1887, dass obwohl *Wunderland* und *Hinter den Spiegeln* „natürlich unstreitig klug" seien „und viele ganz eigene Reize" hätten, an ihnen „auch nichts ungewöhnlich Originelles" sei.[4] Die Wahrheit ist wohl im Entstehungsprozess der Bücher zu suchen.

Die ersten kommerziellen englischen Kinderbücher datieren aus den 1740er-Jahren und wurden als „lehrreich und vergnüglich" beworben. Zu der Zeit, als Charles Dodgson das seinige schreiben sollte, lag die Betonung noch immer auf der (moralischen und religiösen) Unterweisung. Als jemand, der als Kind eine Leseratte war, und als Erwachsener mit fünf jüngeren Schwestern – die jüngste, Henrietta, war elf Jahre jünger – war er sicher vertraut mit der „literarischen Ausstattung" der Kindheit. Außerdem war er ein Mensch mit beträchtlicher Empathie für Kinder und wusste als solcher, wie diese zu den Büchern standen, die man ihnen gab.

Einige der frühesten an Kinder gerichteten Bücher waren Sammlungen mit religiösen Liedern, insbesondere Isaac Watts' *Divine Songs Attempted in Easy*

Language for the Use of Children (1715): Dodgson war nie geneigt, auf Spott zu verzichten, so dass die arme fiktionale Alice, die ebenso zum Rezitieren neigt wie ihr Vorbild im wirklichen Leben, sich dabei wiederfindet, sich mit Watts' „The Sluggard“ (dt.: „Der Faulpelz“) abzumühen:

Der so spricht, ist der Faulpelz, ich hör ihn schon klagen,
„Zu früh' ihr mich weckt, ich möcht's noch nicht wagen.“

Daraus wird:

Der so spricht, ist der Hummer; er sagt ja ganz klar:
„Bin zu dunkel gebacken, muss zuckern mein Haar.“[5]

Wie der Greif zu Recht anmerkt: „Zu *meiner* Zeit hat man dieses Gedicht anders vorgetragen“.

Watts' „Against Idleness and Mischief“ (dt.: „Gegen Müßiggang und Ungedeih“) lässt Dodgson dieselbe Behandlung widerfahren.

Wie nutzt das kleine Bienelein
Die Sonnenstunden aus,
Es sammelt seinen Honig ein
Und trägt ihn in sein Haus.

Wie baut es Waben mit Geschick!
Aus Wachs sind sie gemacht!
Und füllt sie Stück für Stück
Mit seiner süßen Tracht.[6]

Alice bringt bei ihrem Aufenthalt unter der Erde lediglich zustande:

Bis zum Jahr 1902 hatte Alice' Begegnung mit dem Greif und der Falschen Suppenschildkröte ihren Weg in eine Serie äußerst beliebter Glasdias für Laterna Magica gefunden – die von der Firma W. Butcher and Sons of Blackheath herausgebrachte „Junior Lecturers Series“. Das Set zu *Alice im Wunderland*, eine mehr oder minder akkurate Wiedergabe von Tenniels Zeichnungen, deckte die ersten drei Kapitel des Buchs in 24 Dias ab. Hier handelt es sich um Nummer 19.

Wie emsig doch das Krokodil
Den Schwanz sich aufgebessert
Und jede Schuppe, fern am Nil,
Im Golde hat gewässert!
Wie freundlich blickt sein Auge drein,
Wie klar quillt seine Träne,
Wenn es die Fischlein lockt herein
In seine milden Zähne![7]

Manche von Watts' Nachahmern fanden sich in Dodgsons Bibliothek, insbesondere die *Hymns in Prose for Children* (1781 – Dodgsons Ausgabe stammte aus dem Jahr 1845) von der berühmt-berüchtigten Anna Laetitia Barbauld, die die Jugend mit erzieherischem Material versorgte. Ein verärgerter Charles Lamb schrieb im Jahr 1802 folgende Zeilen an seinen Freund Samuel Taylor Coleridge:

> Das Zeug von Mrs. Barbauld hat all die alten Klassiker aus den Kinderstuben verbannt ... Stell dir vor, was aus dir geworden wäre, wären dir, anstatt in der Kindheit mit Fabeln und Ammenmärchen gefüttert zu werden, Geografie und Geschichte eingepaukt worden.[8]

Dodgson besaß viele Schlüsselwerke der Utilitaristen und Evangelikalen (und hatte sie offenbar gelesen), der sogenannten Traktarianer, die die Kinderliteratur des späten 18. Jhs. dominierten und deren Einfluss auch noch für den Großteil des 19. Jhs. zu spüren war. Unter ihnen waren Sarah Trimmers *Fabulous Histories* (1786) mit ihren moralisierenden sprechenden Vögeln, Hannah Mores *Cheap Repository of Moral and Religious Tracts* oder kurz *Cheap Repository Tracts* (1795, dt. etwa: *Erschwingliche Sammlung moralischer und religiöser Traktate*) mit ihrem vielsagenden Titel und Maria Edgeworths *Early Lessons* (1801, dt. etwa: *Frühe Lehren*). Die berühmteste dieser Lektionen ist wahrscheinlich „The Purple Jar" (dt. etwa: „Das purpurfarbene Glas"), erstmals erschienen in *The Parent's Assistant* (1796, dt. etwa: *Hilfreiches für Eltern*), eine Geschichte, in der die Heldin, Rosamond, einem hübschen Glas den Vorzug vor einem Paar Schuhe gibt, nur um dann herauszufinden, dass es ein ganz gewöhnliches, lediglich mit roter Flüssigkeit gefülltes Behältnis ist. Im Ergebnis weigert sich ihr Vater wegen des Zustands ihrer Schuhe, sie auf einen Ausflug mitzunehmen. Während ein derart krudes Moralisieren jenen Autorinnen und Autoren eine recht gestrenge Reputation einbrachte, sind die Kinder, die sie porträtieren, oft sehr lebendig und „natürlich“ – näher an Alice also, als man meinen könnte.

Aber die moralische Hand war eine feste Hand. Zu den bevorzugten Waffen solcher Schreiber gehörten die „Schreckenswarnungen“, für die beispielhaft der Ansatz der elterlichen „unnachsichtigen Liebe“ in Mary Martha Sherwoods wichtigstem Bestseller *The Fairchild Family* (1818 und weitere Folgen) steht, in dem mit den Kindern ein Ausflug zu einem Galgen unternommen wird, um sie davon abzubringen, sich zu streiten. Ein weiteres charakteristisches Beispiel, diesmal für die Versform, ist Elizabeth Turners *The Daisy, or Cautionary Stories in Verse Adapted to the Ideas of Children from Four to Eight Years Old* (1807, dt. etwa: *Das Gänseblümchen* oder *Warngeschichten in Versen*):

Peter, der Arme, hat sich verbrannt am Schürhaken einst,
So hübsch, so rot macht er ihn, wie du's kaum vermeinst.
Denn das Funkensprühen, das verhieß tolles Spiel,
Will heben ihn übern Kopf, es fehlt nicht mehr viel.

Gäb er Acht auf die Warnung aus Mutters Mund,
Seine Finger wären nicht gar so furchtbar wund.
Und wieder verspricht er, als sie ihm macht den Verband,
An glühende Schürhaken legt er nie mehr wieder Hand.

Dodgson scheint beinahe als Satiriker geboren zu sein. 1845, im Alter von 13 Jahren, schrieb er ein satirisches Gedicht, „My Fairy“. Seine Fee verbietet ihm nahezu alles:

Wenn ich lächle verschmitzt voller Frohsinn,
Spricht sie „Du sollst nicht so unverschämt grinsen“;
Wollt ich einst ganz harmlos nippen am Gin,
Sprach sie: „Du sollst nicht zechen bis in die Binsen“.

Moral: „Du sollst nicht.“[9]

Und als er dann die „Alice“-Bücher schrieb, fühlte er ganz offenbar mit den Leiden der jungen Leserschaft, die solche Bücher ausgiebig erduldet hatte.

Als Alice eine Flasche mit der Aufschrift „Trink mich" findet, kommentiert der Erzähler:

> „Trink mich", das war ja nun leicht gesagt, aber das wollte sich die kluge kleine Alice denn doch lieber zweimal überlegen. „Nein, vorher will ich doch nachsehen", sagte sie, „ob nicht irgendwo ‚Vorsicht! Gift!' daraufsteht"; denn sie hatte schon verschiedene schöne Geschichten von Kindern gelesen, die sich verbrüht hatten oder von wilden Tieren zerrissen worden waren, und alles nur, weil sie sich die leichten Regeln einfach nicht merken wollten, die ihnen freundliche Menschen mit auf den Weg gegeben hatten, wie zum Beispiel: Wenn man einen glühenden Schürhaken lange in der Hand hält, verbrennt man sich, oder: Wenn man sich mit einem Messer besonders tief in den Finger schneidet, blutet es gewöhnlich; und so hatte sie sich auch fest eingeprägt, daß einem ein herzhafter Trunk aus einer Flasche mit der Aufschrift „Vorsicht! Gift!" beinah mit Sicherheit früher oder später nicht gut bekommt.[10]

Oder wie die Herzogin in *Wunderland* beobachtet:

> „Du bist in Gedanken, meine Liebe, und deswegen vergisst du, etwas zu sagen. Ich bin im Moment nicht ganz sicher, was die Moral davon ist, aber es fällt mir schon wieder ein."
> „Vielleicht hat es keine", wandte Alice vorsichtig ein.
> „Schnickschnack, mein Kind!" sagte die Herzogin. „Alles hat seine Moral, man muss nur ein Auge dafür haben."[11]

Seine (recht) gutmütige Entstellung respektabler Texte fand auch Anwendung auf Mary Howitts berühmtes Gedicht „The Spider and the Fly" (dt.: „Die Spinne und die Fliege") aus dem in der Tradition der „Schreckenswarnungen" stehenden Jahrbuch *The New Year's Gift* (1829, dt. etwa: *Die Neujahrsgabe*). (Howitt war im Übrigen eine der ersten Übersetzerinnen der Geschichten von Hans Christian Andersen ins Englische.)

> „Komm doch näher, hübsche Fliege", sprach die Spinne, „tritt herzu,
> Komm doch in mein kleines Stübchen, das ist grad so hübsch wie du …"[12]

… wird in den Händen (oder vielmehr Flossen) der Falschen Suppenschildkröte:

„Bitte, geh doch etwas schneller!" sprach der Weißfisch zu der Schnecke.
„Hinter uns – dreh dich nicht um – krabbelt zwickzwack eine Zwecke."[13]

Natürlich war Dodgson nicht der Erste, der diese Art von Literatur nachäffte. Es gibt die Geschichte (eine weitere literarische Legende) des Frankfurter Kinderarztes Heinrich Hoffmann (1809–1894), der, als er im Jahr 1844 außer Geschichten mit „Schreckenswarnungen" keine Weihnachtsgeschenke für seine Kinder ausfindig machen konnte, 1845 eine Parodie unter dem Titel *Der Struwwelpeter* hervorbrachte. Zu den darin enthaltenen Geschichten gehörte die mit dem „Schneider mit der Scher", der die Daumen von Daumenlutschern abschneidet, und „Die gar traurige Geschichte mit dem Feuerzeug", in der Minz und Maunz, die Katzen, neben dem von Pauline übriggebliebenen Aschehäufchen sitzen und reichlich Tränen vergießen.

Und ihre Tränen fließen
Wie's Bächlein auf den Wiesen.

Als das Jahrhundert vorüber war, bekam der humorlose Zugang zu Kinderbüchern (ein humorloser Zugang, der umso verwunderlicher ist, als die Viktorianer ihren Zeitschriften nach zu urteilen einen unersättlichen Appetit auf Rätsel, Wortspiele und Nonsens hatten) weitere Risse. Das berühmteste Beispiel einer „Liberalisierung" ist wahrscheinlich Catherine Sinclairs *Holiday House* (1839). Auf den ersten Blick steht sie in der Tradition der *Fairchild Family*, inklusive tränenreicher Szene am Sterbebett, aber die ungezogenen Kinder – in einer Episode schneidet Laura sich die Haare ab und Harry zündet das Kinderzimmer an – sind teilnahmsvoll gezeichnet und von ironischen Erwachsenen umgeben. Der Erzähler beobachtet:

Harry und Laura entwickelten sich von diesem Tag an zu zwei der leichtsinnigsten und ausgelassensten Wesen, die man sich nur vorstellen kann, und mussten fast jeden Morgen gepeitscht werden; denn in jenen Tagen hatte es sich noch nicht herumgesprochen, dass man seine Sprösslinge auch ohne dies zu artigen Kindern erziehen kann …

„Struwwelpeter“ – die bahnbrechende, bilderstürmerische und alptraumhafte Parodie des Genres der „Schreckenswarnung“ unter den Kinderbüchern – hier in einer englischen Ausgabe aus den 1890er-Jahren.

Dodgson verehrte den Liddell-Mädchen 1861 ein Exemplar von *Holiday House* mit einem akrostischen Widmungsgedicht, bei dem eine jede Zeile mit einem der Buchstaben ihrer Namen, Lorina, Alice und Edith, begann:

> Liebe kleine Mädchen, betrachtet ihr
> Oft und oft dies Büchlein mit Pläsier,
> Reizt euch beim aufmerksamen Lesen
> Indes der Geschichte Gang und Wesen,
> Nie denkt, dass Stunden voll mit Spielen
> Als Freizeit etwa einzig euch gefielen
> Aber in einem Haus so voll Frohsinn und voll Freude
> Lektionenlernend Zeit man lieber nicht vergeude …[14]

Er schenkte Lorina auch ein Exemplar von Elizabeth Wetherells *Mr. Rutherford's Children* (1853), eine weitere Geschichte über lebhafte Kinder, die moralisch nicht so gewichtig daherkam.

Dodgson war geradezu durchdrungen von Kindheitskultur jeglicher Art. Er besaß auch die *Parables from Nature* (erste Serie 1855) von der produktiven Margaret Gatty (die 1866 das einflussreiche *Aunt Judy's Magazine* gegründet hatte), worin es eine Geschichte, „Training and Restraining" (dt.: „Übung und Zurückhaltung"), über eine Konversation unter Blumen gibt. Der bösartige Wind überzeugt diese zuerst, dass es eine schlechte Sache sei, an Stöcke angebunden zu werden, und weht sie dann alle um. Die Tochter der Familie, betrübt über das Schlamassel, sagt zu ihrer Mutter:

> „Ich verstehe jetzt recht gut, was du so oft über die Notwendigkeit des Übens gesagt hast, und über die der Zurückhaltung und der Kultiviertheit, für uns ebenso wie für die Blumen, in einer verderbten Welt."

Und so war Alice, wenn sie unten im Kaninchenbau „den schönsten Garten, den ihr euch nur denken könnt", mit „bunten Blumenbeeten und … kühlen Springbrunnen" sah, Teil einer literarisch-kulturellen Mode.[15] Gärten waren ein verbreitetes präraffaelitisches Motiv und die Beteiligung von Kindern beim Gärtnern, mit Bücher wie *Gardening for Children* (ca. 1848) von Reverend C.A. Johns, sollte sich tatsächlich bald zu einem nationalen Wahn auswachsen. Die

Idee vom kleinen Tor zu einem wundervollen Garten findet ihren Widerhall in Frances Hodgson Burnetts *The Secret Garden* (1911, dt.: *Der geheime Garten*) und weit darüber hinaus.

Vielleicht noch offensichtlicher verleihen Kinderlieder den „Alice"-Büchern ihren besonderen Flair: Um die Herzkönigin und ihre Törtchen, Humpty Dumpty (Goggelmoggel), Tweedledum und Tweedledee (Zwiddeldei und Zwiddeldum) sowie Löwe und Einhorn ranken sich zentrale Episoden; traditionelles Liedgut wie der Ringelreigen „Here We Go Round the Mulberry Bush" erscheint ganz beiläufig und ein altes Wiegenlied wird behutsam parodiert:

Schlaf sanft, liebe Fraue, in Alicens Schoß,
Bevor das Fest aus ist, da gehn wir ins Schloss;
Aber bis das Fest anhebt, da haben wir Ruh –
Königin Weiß und Schwarz und Alice dazu![16]

Das Bild von Alice' langem Hals wurde auf verschiedene Freud'sche Symbole zurückgeführt, auf das Kaminbesteck im Dekanat und – am plausibelsten – auf George Cruickshanks Illustration zu *Punch and Judy*, erstmals publiziert im Jahr 1828.

Es gibt Spuren von Gesellschaftsspielen („Bist du tierisch, pflanzlich oder ein Mineral?"), von Fabeln, die gerade in Mode kamen (Tenniel hatte 1848 eine Ausgabe von *Aesop* illustriert), in Redensarten wie „hinab, hinab, hinab", und sogar von Pantomime.[17] Auch wenn Dodgson seine erste Pantomimeaufführung erst am 17. Januar 1866 erlebte (*Little King Pippin*, produziert von Percy Roselle im Theatre Royal an der Drury Lane), können ihm die dafür typischen Elemente nicht entgangen sein, mit ihren slapstickartigen Küchenszenen und ihren als Spielkarten dargestellten Charakteren. Seine Tagebücher verzeichnen mehr als 300 Theaterbesuche und er musste die Probeaufführungen zu Dion Boucicaults *Janet Pride* (1856, 1864) und *The Trial of Effie Deans* (1863) gesehen haben. Einige

Inspirationen für *Hinter den Spiegeln* mögen auch von *Harlequin King Chess* (1865–66) ausgegangen sein, und einer der Pantomime-Standards der Zeit war *Pat a Cake*, in dem ein Zauber-Schachbrett vorkommt.[18]

In John Payne Colliers *The Tragical Comedy or Comical Tragedy of Punch and Judy* (1832) gibt es sogar eine Illustration von George Cruickshank zu dieser Szene:

> AKT II
> Herein kommt eine FIGUR, die gekleidet ist wie ein Höfling. Er … hält in der Mitte inne; die Musik verlischt und plötzlich beginnt sich sein Hals zu verlängern und sein Kopf steigt allmählich hinan, bis sein Hals länger ist als der Rest seines Körpers. Nach einer kleinen Pause sinkt sein Kopf wieder hinab und sobald er seine natürliche Position erreicht hat, *geht* die FIGUR.[19]

Der Einfluss anderer Kinderbücher ist schwerer auszumachen, aber Dodgson besaß auch Crowquills *Comic Nursery Tales*-Serie aus den 1840er-Jahren, William Brighty Rands' *Lilliput Levee* (1864, dt. etwa: *Die Nachmittagsaudienz der Lilliputaner*) und Felix Summerleys *Home Treasury* (1846). Es mag erstaunen, dass Dodgson nicht von Edward Lears *A Book of Nonsense* (1846 und Folgeband 1871, dt.: *Kompletter Nonsens*) beeinflusst scheint – weder sind sich er und Lear je begegnet noch haben sie in ihren Briefen und Tagebüchern aufeinander Bezug genommen –, und die Form des Limericks fehlt in den „Alice"-Büchern auffallend. Jedoch gibt es eine Ähnlichkeit zwischen Lears Illustrationen für seine Nonsens-Bücher und denen von Dodgson für *Under Ground.*

Zwei Bücher gab es jedoch tatsächlich, die Dodgson direkt beeinflussten, wenn auch auf unterschiedliche Art und Weise. Er war seit 1859 mit George MacDonald und dessen Familie befreundet und bewunderte MacDonalds ersten Vorstoß in den Bereich der fantastischen Literatur, *Phantastes* (1858), sehr. Dieses Pionierstück hat wenig Ähnlichkeiten (wenn überhaupt welche) mit den „Alice"-Büchern, aber trotz der an Spenser gemahnenden allegorischen Anmutung (die MacDonald leugnete) ist ihm eine unbekümmerte Erfindungsgabe in Bezug auf die Details anderer Welten eigen, die für Dodgson einen offensichtlichen Reiz hatte.

Kontroverser ist die Beziehung der „Alice"-Bücher zu Charles Kingsleys *Die Wasserkinder*, erstmals publiziert im *Macmillan's Magazine* (August 1862 bis

März 1863). Es könnte gut sein, dass Dodgson auf den offenen und überladenen Didaktizismus Kingsleys in einem vorgeblichen Kinderbuch reagierte. Kingsley nutzte das Kinderbuch gerne zu „erzieherischen" Zwecken, womit er den Pakt mit dem kindlichen Leser verletzte. Die *Wasserkinder* sind voll von energischen Einschüben – um nicht zu sagen Tiraden – zu einem weiten Themenspektrum: Beispielsweise fliegen, wenn die Büchse der Pandora geöffnet wird, Kingsleys kindlicher Leserschaft seine gesammelten Vorurteile um die Ohren:

> Masern, Hungersnot, Mönche, Quacksalber, Scharlachfieber, unbezahlte Rechnungen, Götzen, zu fest geschnürte Korsetts, Keuchhusten, Kartoffeln, Päpste, schlechter Wein, Kriege, Despoten, Friedenshändler, Demagogen und, was das schlimmste von allem war, ungezogene Knaben und Mädchen.[20]

Mit manchen Genres – dem Erziehungsroman oder Seefahrtgeschichten, ja selbst den der sogenannten „waif literature" zugehörigen Romanen, wie etwa Maria Louisa Charlesworths Bestseller *Ministering Children* (1854, dt. etwa: *Fürsorge für Kinder*) – gab sich Dodgson nicht ab, aber ging es um fantastische Literatur, dann sah er nicht tatenlos zu, wenn sie derart manipuliert wurde. Schlimmer noch war die joviale und bevormundende Art und Weise, wie Kingsley sich an seine Leserschaft wandte. *Die Wasserkinder* setzen wie folgt ein:

> Es war einmal ein kleiner Schornsteinfeger mit Namen Thomas, aber man nannte ihn kurzweg Tom. Das ist ein kurzer Name und du hast ihn vielleicht schon gehört; jedenfalls wird es dir keine Mühe bereiten, ihn zu behalten.[21]

Aber wenn an Dodgson bemerkenswert ist, dass er einen ehrlichen Kontrakt mit seiner Leserschaft aufrechterhielt, so konnte er doch nicht umhin, in seine Bücher die viktorianische Schwäche für das romantische ritterliche Erbe von Scott und für larmoyante Sentimentalität einzubringen. 1874 schenkte er Alice Liddell ein Exemplar von Florence Montgomerys *Misunderstood* (1872, dt. etwa: *Missverstanden*, Filmtitel von 1967: *Der Unverstandene*) – ein durch und durch gewöhnlicher „Schmachtfetzen" für Erwachsene, inklusive Unfall eines Kindes und einer Szene am Sterbebett. Ebenso war er, wie wir noch sehen werden, mit den herzzerreißenderen Salonballaden gut vertraut. Die Gerichtsverhandlung

Der Höhepunkt der Pantomime *Harlequin King Chess or Tom the Piper's Son and See-Saw Marjery Daw* im Surrey Theatre im Jahr 1865 war ein Schachspiel mit lebendigen Spielfiguren im Schlussakt. Die *Illustrated London News* (30. Dezember) brachte das Bild „‚King Chess' – giving check to the queen" (dt. etwa: „‚König Schach' – der Königin Schach bieten"). Die Eröffnungsnacht erfreute sich so großer Beliebtheit, dass die zum Theater führende Blackfriars Road von Menschenmengen blockiert war.

des Herzbuben ist eine Parodie auf die Sensationsromane, von denen buchstäblich Millionen Exemplare vom breiten Publikum verschlungen wurden, während die Weiße Königin, wie Dodgson selbst zugibt, von einem Charakter in einer der respektableren davon, Mrs. Wragge in Wilkie Collins' *No Name* (dt.: *Die Namenlosen*), abgeleitet ist. Mrs. Wragge ist „wohlgemerkt schwachsinnig" – und die Weiße Königin wird in ein Schaf verwandelt.

Dodgson konnte manche Moden recht unerbittlich aufs Korn nehmen, wenn er es darauf anlegte. Er kannte die Tennysons seit 1857 und hatte sie bereits mehrfach fotografiert, aber zur Zeit von *Hinter den Spiegeln* hatte es bereits ein Zerwürfnis gegeben und Dodgson hatte das Gefühl, ihm sei Unrecht getan worden. Er nahm Rache an einem von Tennysons berühmtesten Gedichten,

„Maud“, in dem ein Liebender in einem Blumengarten wartet. Es beginnt folgendermaßen:

Komm in den Garten, Maud
Denn die Nacht, die schwarze Fledermaus, ist dahingeflogen …

Der Dichter spricht dann mit der Passionsblume, den Rosen und der Lilie, die alle dem Herannahen von Maud lauschen:

Es trat eine glänzende Träne hervor
Bei der Passionsblume drüben am Tor.
Sie kommt, mein Täubchen, mein Glück;
Sie kommt, mein Leben, mein Geschick;

Die rote Rose ruft: „Sie ist schon nah, sie ist unweit“;
Und die weiße Rose weint: „Sie kommt nicht beizeit'“;
Der Rittersporn lauscht: „Ich höre sie, ich höre sie“;
Und die Lilie, die wispert, „Ich wart' auf sie, ich wart' auf sie.“

Sie kommt, meine Einzige, meine Süße;
Ward je ein so leichtfüßiger Gang gehört …

In Dodgsons respektloser Version horchen Alice und die Blumen auf die Ankunft der Roten Königin:

„Sie kommt“, rief der Rittersporn. „Ich kann schon ihre Schritte hören, wie sie auf dem Kiesweg trappelt.“[22]

Alice' Hauptgesprächspartner unter den Blumen ist die Feuerlilie: Im Originalmanuskript von *Hinter den Spiegeln* war Dodgson Tennyson gefolgt, indem er die Passionsblume inkludierte, bis ihn jemand darauf hinwies, dass die Passion, auf die sich dies beziehe, die Passion Christi sei. Dodgson, der wie sein Vater empfänglich für dergleichen war, änderte die Stelle.

Verglichen mit Wordsworth kam Tennyson glimpflich davon. Im Oktober 1856 hatte Dodgson in der Satirezeitschrift *The Train* eine Parodie auf Wordsworths

Schlummernder Symbolismus? Tom, der rußverschmierte Kaminkehrer, findet sich in Charles Kingsleys *Wasserkindern* (1863) im unschuldigen Schlafzimmer der kleinen Ellie wieder: Dies war die Art literarischer Strategie, die Dodgson zutiefst missbilligte. Eine Illustration der US-Amerikanerin Jessie Willcox Smith aus einer Ausgabe von 1916.

„Resolution and Independence" („Entschlossenheit und Unabhängigkeit") mit dem Titel „Upon the Lonely Moor" („Allein im weiten Moor") publiziert. In der Version in *Hinter den Spiegeln* erreicht der Sarkasmus virtuose Höhen. Wordsworths Erzähler begegnet einem alten Blutegel-Sammler und fragt ihn, wovon er lebt: Der alte Mann sagt es ihm, aber der Geist des Dichters schweift ab …

Als braucht' ich Trost, als hätt' ich keine Wahl,
Voll Ungeduld ich stelle ihm erneut die Frage:
„Und wovon lebt Er denn und wie verbringt Er seine Tage?"
Drauf lächelnd er die Worte variiert ...[23]

Unnötig zu erwähnen, dass die Dinge in Dodgsons Version auf die Spitze getrieben werden:

„Wer bist du, alter Mann?" sprach ich,
„Und was ist dein Gewerbe?" –
Sein Wort an mir vorüberstrich
Wie Wind an einer Scherbe ...

So sprach ich, vielleicht etwas derb
Und allen Sinns beraubt:
„Sprich! Welches ist dein Broterwerb?"
Und schlug ihn auf das Haupt ...[24]

Aber das vielleicht aufschlussreichste Beispiel für die vielfältigen Quellen von „Alice" und die Art und Weise, wie Dodgson sie aufnahm und adaptierte, ist der Fall von J. J. Grandville (1803–1847).

Grandville war ein französischer Satirekünstler, berühmt dafür, in seinen Zeichnungen menschliche Gestalten mit Tierköpfen zu versehen, und arbeitete für das Pariser Magazin *Le Charivari*. Dessen großes britisches Pendant, *Punch*, trug einige Jahre den Untertitel *The London Charivari* und zu seinen Haupt-Beiträgern gehörte John Tenniel, Dodgsons sorgfältig ausgewählter und viel geschundener Illustrator. Tenniel war stark von Grandville beeinflusst und es wurde oft darauf hingewiesen, dass die Illustration des Lakaien mit dem Froschgesicht in *Wunderland* und des Froschgärtners in *Hinter den Spiegeln* weitgehend Grandvilles Stil entsprechen. Aber das ist noch nicht alles: Grandville produzierte auch eine Sammlung – *Les fleurs animées* (1847, dt. etwa: *Die personifizierten Blumen*) –, an die der „Garten der sprechenden Blumen" in *Hinter den Spiegeln* sehr stark erinnert.

Sogar noch verblüffender ist ein Vergleich der Illustration des königlichen Gartenfests mit „La bataille des cartes" (dt. etwa: „Die Schlacht der Karten")

Die verborgene Quelle? Geist wie Bilder von J.J. Grandville durchdringen Tenniels Illustrationen (oben) und Dodgsons Text: „La Bataille des cartes" (gegenüber) ist nur eine der vielen Episoden, die eine Ähnlichkeit mit *Alice im Wunderland* aufweisen.

aus Grandvilles *Un Autre Monde* (1844, dt.: *Entwürfe einer anderen Welt*), und es gibt noch viele weitere Anklänge. Und so trieben die Ideen für die „Alice"-Bücher nicht nur auf der Isis dahin, sondern auch auf dem Substrat eines ganzen Jahrhunderts an Kinderliteratur und volkstümlicher Kultur und Kunst: Was Dodgson zu tun blieb, war es, jene persönlichen Details hinzuzufügen, die die reale Alice und ihre Geschwister ansprechen würden.

LA BATAILLE DES CARTES.

3

WAS ALICE WUSSTE

Früher beim Märchenlesen dachte ich mir immer, solche Dinge können ja doch nicht geschehen, und jetzt bin ich selbst mitten in ein Märchen geraten! Da müsste eigentlich auch über mich ein Buch geschrieben werden, ja, das müsste es wirklich.[1]

Wenn man von den eigentlich zu jeder Zeit sehr soliden Verkaufszahlen für „personalisierte" Kinderbücher ausgeht, so dürfte Alice Liddell entzückt gewesen sein, als sie im Alter von zwölf Jahren *Alice's Adventures Under Ground* erhielt – ein handgeschriebenes und -illustriertes Buch, in dem sie selbst die Hauptfigur war. Was ihre Geschwister darüber dachten, ist nicht überliefert, auch nicht, wie sie und ihre Familie auf den Ruhm bzw. den Bekanntheitsgrad reagierten, die mit der Publikation von *Alice im Wunderland* einhergingen. Auch was eine 19-jährige Alice von *einem weiteren* Buch, *Hinter den Spiegeln*, halten mochte, in dem ihr siebenjähriges Alter Ego vorkam und das mit einem expliziten Liebesgedicht an sie in Form eines Akrostichons endete, könnte einem zu denken geben.

Aber zumindest anfänglich müssen die Insiderwitze und Anspielungen von *Under Ground*, selbst in der verwässerten und modifizierten Form in *Wunderland* und *Hinter den Spiegeln*, äußerst vergnüglich gewesen sein. Dodgson fand in Tenniel einen mehr als fähigen Helfer – das Bild von der Kuppel des Seerosenhauses im Botanischen Garten von Oxford hinter dem Krocketfeld der Königin oder die Aalreusen (in Godstow nordwestlich von Oxford) hinter Father William, wie er den Aal auf der Nase balanciert, oder auch der Laden des Schafs auf St. Aldate's fast gegenüber von Christ Church entsprechen allesamt realen Orten, die die reale Alice wiedererkannt haben musste.

Alice Liddell lebte im Dekanat von Christ Church, und der Türeingang von Königin Alice ist der Türeingang zum Kapitelhaus. Auch gibt es (auch hier wieder dank Tenniel) eine Ähnlichkeit zwischen dem Kaminbesteck im Dekanat und Alice mit ihrem langen Hals in *Wunderland*. Die Liddell-Schwestern spielten Krocket und hatten tatsächlich auch kurz zuvor mit Reverend Dodgson gespielt. Letzterer hatte ein Spiel erfunden, das sich „Schlosskrocket" nannte (und zu dem eine privat gedruckte Spielanleitung von 1863 existiert). Er spielte auch häufig Karten mit ihnen – wenig überraschend erfand er ein Spiel namens „Court Circular" – und brachte ihnen das Schachspiel bei.

Es ist alles sehr persönlich gehalten. Dodgson hatte offenbar keine Bedenken, die Alice, die er kannte, direkt (zumindest dürfen wir dies annehmen) zu beschreiben:

> Die Ratschläge, die sie sich gab, waren im Allgemeinen sehr gut … und bisweilen schalt sie sich selber mit solcher Strenge aus, daß ihr die Tränen kamen; sie konnte sich noch daran erinnern, wie sie einmal versucht hatte, sich selbst eine Ohrfeige zu geben, als sie mit sich selbst Croquet gespielt und sich dabei bemogelt hatte; denn sie war ein merkwürdiges Kind und liebte es über alles, so zu tun, als wäre sie zwei.[2]

Dann gibt es da eine Bezugnahme auf Alice' Reise nach Llandudno im Jahr 1861 (ihr Vater ließ dort 1865 ein Haus bauen):

> Alice war erst einmal an der See gewesen und dabei ganz allgemein zu dem Schluß gekommen, daß überall, wo das Meer ist, auch eine Anzahl Badewagen zu finden seien, einige Kinder, die mit ihren Holzschaufeln im Sand spielen, eine Reihe von Pensionen und dahinter dann die Eisenbahn.[3]

Und auch in *Hinter den Spiegeln* scheint die Charakterisierung wieder mitten aus dem Leben gegriffen – „und dabei wurden die Haare aus der Stirn geworfen, wie es ihre Art war" – und so klingt denn auch das Folgende ganz nach einer authentischen Geschichte:

Die örtliche Architektur: die Kuppel des Oxforder Seerosen- bzw. Wasserlilienhauses, errichtet 1851, um die gigantische Amazonas-Riesenseerose zu beherbergen, erscheint im Hintergrund des Krocketrasens der Roten Königin. (Der kleine Lieblingsbauer der Weißen Königin in *Hinter den Spiegeln* nennt sich natürlich Lily.) Der Leiter der Gärten zu Dodgsons Zeit war Professor Charles Daubeny, ein Anhänger Darwins.

The Queen has come! And *isn't* she angry? Oh, my poor little Alice!

ENGLAND
WALES

> Und ich wollte, ich könnte euch auch nur die Hälfte von dem erzählen, was bei Alice alles mit den Worten anfing „Tun wir doch so, als ob". Erst gestern hatte sie sich mit ihrer Schwester verzankt, weil sie gesagt hatte: „Tun wir doch so, als ob wir Könige und Königinnen wären!" Aber ihre Schwester, die immer alles sehr genau nahm, hatte eingewandt, das könnten sie nicht, weil sie nur zu zweit seien, und da blieb Alice schließlich keine andere Antwort mehr als: „Gut, dann bist du eben einer davon und ich alle übrigen."[4]

Die Scherze in *Under Ground* sind von Anfang an stark lokal geprägt. Der Weiße Hase etwa könnte gut ein Porträt von Dr. Henry Wentworth, Medizinprofessor und Arzt der Liddells, gewesen sein. Wir lesen: „[A]us einem der Regale nahm" Alice, als sie den Kaninchenbau hinabstürzte, „im Vorbeisausen ein Töpfchen mit; es trug ein Etikett mit der Aufschrift ‚*Orangenmarmelade*'".[5] Eine Kleinigkeit vielleicht, aber nicht, wenn man wie Alice wusste, dass ihre Mutter ein besonders gutes Marmeladenrezept hatte. Es war so gut, dass sie es einer gewissen „Mrs. Frank Cooper of Oxford" gab – und sie wird bis zum heutigen Tag „für verwöhnte Gaumen" hergestellt. (Wie die namensgebende Missee Lee, die Piratin mit Bildungshintergrund in Cambridge, in Arthur Ransomes Roman sagt: „Better scholars, better plofessors at Camblidge, but better marmalade at Oxford.", dt.: „In Cambridge sind die Gelehrten und die Professoren besser, in Oxford die Marmelade.")[6]

Auch reflektiert Alice auf ihrem Weg nach unten in einem der ersten Scherze über den Tod, der in den Büchern vorkommt: „‚Sogar nach einem Sturz vom Hausdach würde ich jetzt nicht einmal mehr Mucks sagen!' (Und da hatte sie wahrscheinlich recht)."[7] Und natürlich konnte es für ein Christ-Church-Mädchen nur ein „Haus" geben.

Bis zu diesem Punkt sind *Under Ground* und *Wunderland* recht ähnlich, aber Dodgson fing an, für die publizierte Version Veränderungen vorzunehmen. In *Under Ground* fragt sich Alice, ob sie sich in Gertrude oder Florence verwandelt haben könnte. Gertrude und Florence waren Cousinen der Liddells, und so ist es vielleicht nicht verwunderlich, dass Dodgson für den öffentlichen Gebrauch die

Eine ganz im Zeichen der „Edwardischen Epoche" stehende Alice: Diese Illustration für die Bodley-Head-Ausgabe von *Alice's Adventures in Wonderland* (1907) stammt von W.H. Walker (1854–1940), der als William Henry Romaine-Walker Teile der Tate Gallery und des British Museum entwarf.

Eine nicht verwendete Skizze von Dodgson für *Alice's Adventures Under Ground* (1863–64); nur die Maus schaffte es bis in die finalen Versionen.

Namen zu Ada und Mabel abänderte (die reale Alice war etwas snobistisch). Das nimmt sich dann so aus: „Also Ada bin ich einmal sicher nicht … denn ihr Haar hat solche länglichen Kringel“ und „Mabel kann ich erst recht nicht sein, denn ich weiß alles mögliche, und die, die weiß doch nun wirklich nur so wenig! … Dann bin ich also jetzt wahrhaftig Mabel und muß auch in ihrem schäbigen kleinen Haus wohnen, wo es so gut wie gar kein Spielzeug gibt; und dann erst die ganzen Aufgaben, die ich da noch lernen soll!“[8]

Der Tränenteich ist auch voller vertrauter Gesichter, „eine Ente duckte vor einem Dodo, ein Lori und ein Ädlerchen waren da und etliche andere merk-

Arthur Rackhams detailreiche und leicht beunruhigende Vision der Besetzung des Proporz-Rennens aus seiner Ausgabe von 1907. Rackham war eine führende Persönlichkeit im goldenen Zeitalter der britischen Buchillustration und seine Bilder für „Alice“ waren zusammen mit denen von Tenniel eine wichtige Inspirationsquelle für die Künstlergemeinschaft der sogenannten Brotherhood of Ruralists im späten 20. Jh.

würdige Geschöpfe".[9] Die Ente (engl.: duck) war offensichtlich Duckworth und der Dodo der stotternde Dodgson („Do-dododgson"). Als das Faksimile von *Under Ground* 1886 erschien, signierte Dodgson Duckworths Exemplar mit: „The Duck from the Dodo". Das Ädlerchen muss Alice' jüngere Schwester Edith sein und der Lori ihre ältere Schwester Lorina. „Sie hatte wahrhaftig einen ziemlich langen Wortwechsel mit dem Lori, der am Ende mürrisch wurde und nur noch sprach: ‚Ich bin älter als du und muss es besser wissen.'"[10] (Ein Lori ist ein kleiner Papagei.) In *Under Ground* reitet Dodgson ziemlich auf diesem Scherz unter Schwestern herum, wenn Alice sinniert:

> Ich wünschte, einige von ihnen wären etwas länger geblieben. Ich habe mich mit ihnen so angefreundet – wirklich, der Lori und ich waren beinahe wie Schwestern! Und auch mit dem lieben kleinen Ädlerchen war es so![11]

Dinah, deren Name so machtvoll klingt, war eine reale Dinah, eine getigerte Katze, die den Liddell-Kindern gehörte, und die Mutter der Kätzchen in *Hinter den Spiegeln*. (Dinah war – seltsam genug – nach der reichen und selbstmörderischen Tochter in einem populären Lied, „Vilikins and his Dinah" [1854], benannt).

Das Nachspiel der Episode mit dem Tränenteich ist das verblüffendste Beispiel dafür, wie Dodgson zunächst direkte Anleihen bei Alice' Leben machte und die Erzählung dann für die Allgemeinheit modifizierte.

Dodgsons Tagebucheintrag für Dienstag, den 17. Juni 1862, berichtet von einem Bootsausflug nach Nuneham mit seinen beiden älteren Schwestern, Frances und Elizabeth, seiner Tante, Lucy Lutwidge, den Liddell-Mädchen und Duckworth. Es regnete stark, so dass sie an Land gingen, und Dodgson marschierte mit den Kindern voran:

> … zum einzigen Haus, das ich in Sandford kannte, zu Mrs. Boughton … Ich ließ sie bei ihr, daß sie ihre Kleider trocknen konnten, und ging los, um ein Fuhrwerk ausfindig zu machen, doch es war keines zu kriegen, drum ging ich nach dem Eintreffen der übrigen mit Duckworth nach Iffley, von wo aus wir ihnen einen Einspänner schickten.[12]

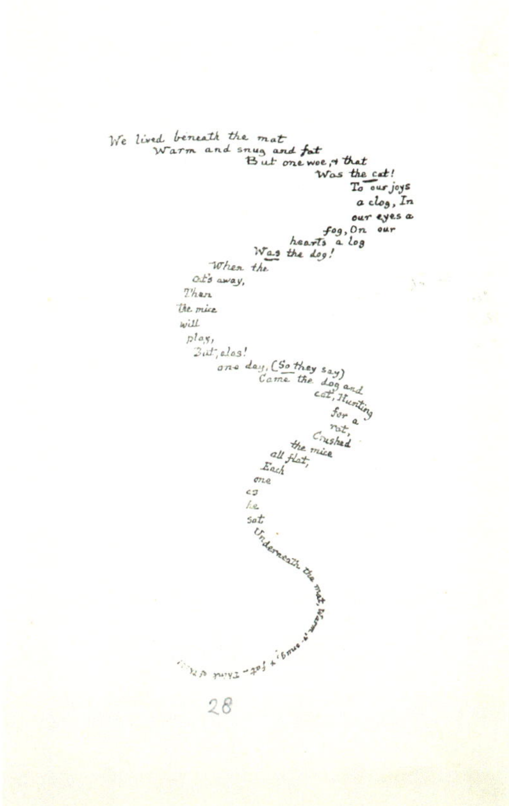
We lived beneath the mat
Warm and snug and fat
But one woe, & that
Was the cat!
To our joys
a clog, In
our eyes a
fog, On our
hearts a log
Was the dog!
When the
cat's away,
Then
the mice
will
play,
But, alas!
one day, (So they say)
Came the dog and
cat, Hunting
for a
rat,
Crushed
the mice
all flat,
Each
one
as
he
sat
Underneath the mat,
Warm, & snug, & fat— Think of that!
28

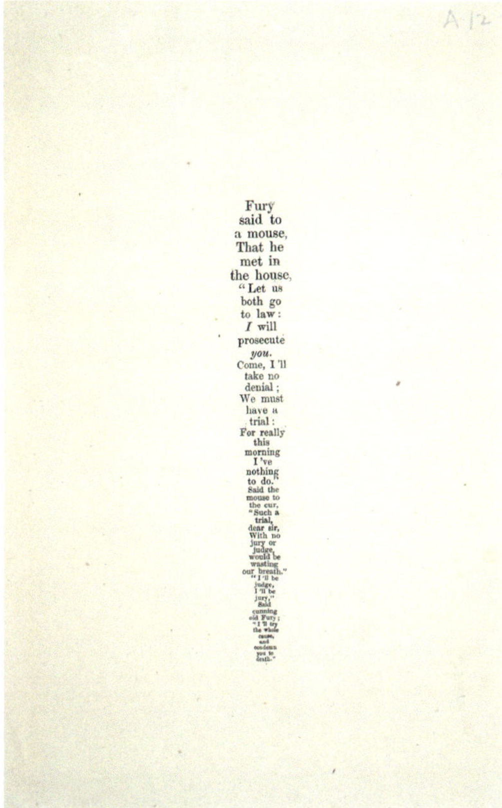
A 12
Fury
said to
a mouse,
That he
met in
the house,
"Let us
both go
to law:
I will
prosecute
you.
Come, I'll
take no
denial;
We must
have a
trial:
For really
this
morning
I've
nothing
to do."
Said the
mouse to
the cur,
"Such a
trial,
dear sir,
With no
jury or
judge,
would be
wasting
our breath."
"I'll be
judge,
I'll be
jury,"
Said
cunning
old Fury;
"I'll try
the whole
cause,
and
condemn
you to
death."

No. 1.
A 13
Fury said to
a mouse,
That he
met in
the house,
"Let us
both go
to law:
I will
prosecute
you.
Come, I'll
take no
denial;
We must
have a
trial:
For really
this
morning
I've
nothing
to do."
Said the
mouse to
the cur,
"Such a
trial,
dear sir,
With no
jury or
judge,
would be
wasting
our breath."
"I'll be
judge,
I'll be
jury," Said
cunning
old Fury;
"I'll try
the whole
cause,
and
condemn
you to
death."

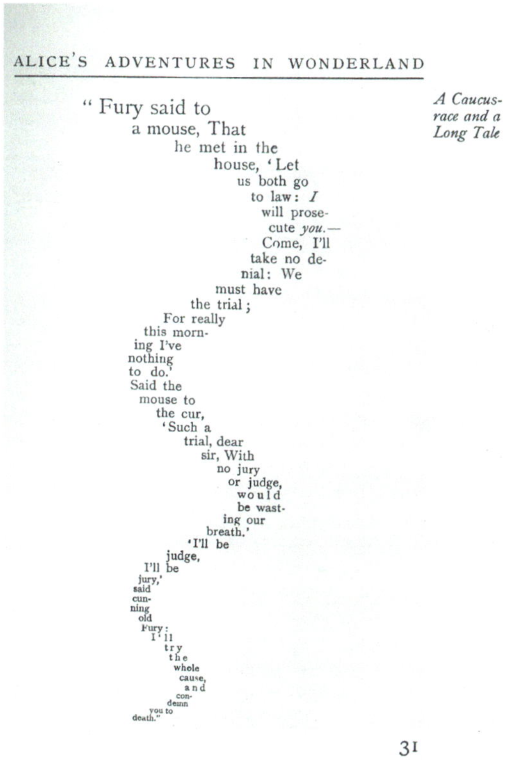
ALICE'S ADVENTURES IN WONDERLAND

A Caucus-race and a Long Tale

"Fury said to
a mouse, That
he met in the
house, 'Let
us both go
to law: *I*
will prose-
cute *you.*—
Come, I'll
take no de-
nial: We
must have
the trial;
For really
this morn-
ing I've
nothing
to do.'
Said the
mouse to
the cur,
'Such a
trial, dear
sir, With
no jury
or judge,
would
be wast-
ing our
breath.'
'I'll be
judge,
I'll be
jury,'
said
cun-
ning
old
Fury:
'I'll
try
the
whole
cause,
and
con-
demn
you to
death.'"

31

Die Mausschwanzgeschichte: Dodgsons erste Version der Erzählung der Maus in *Under Ground* wurde für *Wunderland* in einem etwas dramatischeren Stil umgeschrieben. Er ließ den Text dann in einer einzigen Spalte drucken, die er zerstückelte und neu zusammenfügte, so dass der Drucker ihn neu setzen konnte.

In *Under Ground* wird dies fast „in Lebensgröße“ gezeichnet:

> „Ich wollte nur sagen“, sagte der Dodo in recht beleidigtem Ton, „daß mir hier in der Nähe ein Haus bekannt ist, wo wir die junge Dame und den Rest der Gesellschaft trocken kriegen könnten, und dann könnten wir behaglich der Geschichte lauschen, die du uns so gütigst zu erzählen versprochen hast“, wobei er sich feierlich gegen die Maus verneigte.
>
> Die Maus erhob dagegen keine Einwände, und die ganze Gesellschaft mühte sich in einer langsamen Prozession das Ufer entlang (denn der Teich hatte unterdes angefangen, aus der Halle abzufließen, die am Rande nun von Binsen und Vergißmeinnicht gesäumt wurde), der Dodo immer vorneweg. Nach einem Weilchen wurde der Dodo ungeduldig und indem er die Ente als Anführer der restlichen Gesellschaft zurückließ, eilte er mit Alice, dem Lori und dem Ädlerchen geschwinder voraus und geleitete sie zu einem kleinen Häuschen, und dort setzten sie sich behaglich ans Feuer, bis obenhin in Decken gehüllt, bis die übrige Gesellschaft eintraf, und da waren sie alle wieder trocken.[13]

Jedoch mag diese Schilderung für die breite Öffentlichkeit als zu langatmig erschienen sein, und so wurde sie in *Wunderland* durch das Proporz-Rennen, die lange Erzählung der Maus und das „Allertrockenste“, was der Maus „bekannt ist“,[14] ersetzt. Das ist die Geschichte von Edwin und Morcar, ein Auszug aus Havilland Chepmells *A Short Course of History* (1849), welchen die Gouvernante der Liddells, Miss Prickett („Pricks“), für die Kinder verwendete. Dies hat manche Forscherinnen und Forscher zu der Annahme veranlasst, die Maus könnte eine Satire auf jene Dame sein (sie wurde auch als die „stachlige“ Rote Königin identifiziert) – wie wir jedoch sehen werden, war sie wohl zu eindrucksvoll, als dass sie hätte die Maus sein können, und zu gütig, um für die Königin zu stehen.

Die Liddell-Schwestern haben einen weiteren Auftritt im *Wunderland* beim aberwitzigen Fünf-Uhr-Tee des Hutmachers – eine jener Episoden, die so reich an persönlichen Anspielungen sind, dass sie ein oder zwei eigene Absätze verlangen. Wir werden uns mit der Identität des Hutmachers und der Haselmaus noch beschäftigen (niemand scheint sich um die Identität des Schnapphasen gekümmert zu haben), wenn wir in Dodgsons Welt eintauchen, aber für den Moment lassen wir die Haselmaus selbst mit ihrer Geschichte, die kaum in *noch* stärkerem Maße von den Liddells handeln könnte, zu Wort kommen.

Alice, Lorina und Harry, ihr ältester Bruder, verheirateten sich alle recht komfortabel, wenn auch vielleicht nicht so vorteilhaft, wie sich das ihre Mutter (die Dodgson einmal als „der Eisvogel" bezeichnete) erhofft haben mochte. Edith starb 1876 im Alter von 22 plötzlich an Peritonitis, 13 Tage nach ihrer Verlobung.

> „Es waren einmal drei kleine Schwestern", begann die Haselmaus in großer Hast, „die hießen Elsie, Lacie und Tilli und lebten in einem Mühlrad –"
> „Wovon denn?" fragte Alice, die sich für alles interessierte, was Essen und Trinken anging.
> „Von Karamel", sagte die Haselmaus, nachdem sie eine Weile nachgedacht hatte …
> „Es war eine Karamelmühle."
> „So was gibts doch gar nicht!"[15]

Die Identität der drei Liddell-Schwestern ist kaum verhüllt: Lorina Charlottes Initialen waren L. C., Lacie ist ein Anagramm von Alice und Tillie ist die Kurzform

Eine nicht ganz so elegante Version der „drei kleinen Schwestern", die in einer Karamelmühle lebten – mit ihren Karamelkörben: Illustration von W.H. Walker (ca. 1907).

von Matilda, Ediths Spitznamen. Und die „Karamelmühle" („treacle well") war und ist kein Unsinn: „treacle wells" waren Heilbrunnen oder -quellen. „Treacle" (dt.: „Sirup" oder „Melasse") war nämlich auch ein anderes Wort für „balm" – eine lindernde Salbe – wie bei den sogenannten „treacle bibles" von 1568, in denen sich Jeremiah 8:22 so liest: „Is there not treacle in Gilead?" Alice musste das gewusst haben, nicht zuletzt deswegen, weil eines der Glasfenster in Christ Church, entworfen von Sir Edward Burne-Jones im Jahr 1860 und dem Hl. Frideswide gewidmet, ein Feld aufweist, das Pilger auf dem Weg zum Heilbrunnen des Heiligen in Binsey nahe Oxford zeigt.

Ob Alice natürlich wusste, dass Thomas John Prout, der von 1857 an Rektor von Binsey war, dafür bekannt war, dass er bei dienstlichen Besprechungen eindöste – Binsey war und ist Teil der Ländereien von Christ Church –, und dass er das Vorbild für die Haselmaus gewesen sein könnte, ist nicht sicher. Aber wir wissen, dass es gar nicht so abwegig war, wie im Buch geschehen, eine Haselmaus in einer Teekanne unterzubringen: Diese gab einen guten Platz für das Nest einer als Haustier gehaltenen Haselmaus ab.

Vielleicht die gewagteste bzw. boshafteste Charakterisierung in *Wunderland* ist die des „Mahl-Lehrers" der Falschen Suppenschildkröte, der „ein alter

Zeteraal“ war, „der einmal die Woche zu uns kam: bei *ihm* hatten wir Räkeln, auch Sinkstunden und Mahlen in Höhl'n“.[16] Das ist mit ziemlicher Sicherheit eine Bezugnahme auf John Ruskin, der 1836 als „gentleman commoner“ von Christ Church graduierte. Dodgson zählte ihn zu seinen Freunden und er hatte Alice einige Zeit lang unterrichtet (und das ihren Gemälden nach zu urteilen erfolgreich). Im Jahr 1865 angelangt, war Ruskin eine einflussreiche Persönlichkeit, hinter der bereits das Gewicht seiner berühmtesten Werke, *The Stones of Venice* (1851, dt.: *Die Steine von Venedig*) und *Unto this Last* (1860, dt.: *Diesem Letzten*), ebenso wie sein Beitrag zur Gründung des Oxford Natural History Museum (1860) stand. Sein Einfluss als Kunstkritiker wird von diesem Spottvers demonstriert, der am 24. Mai 1856 in *Punch* publiziert wurde, und zwar von Shirley Brooks (ab 1870 Herausgeber des Magazins):

Ich mal' und male ohne Zagen,
Hör' auch weiter keine Klagen,
Verkaufe mich, noch eh ich trocken;
Da kommt daher der Ruskin wild.
Was tut er – er zerreißt das Bild –
Und niemand ist zum Kauf zu locken.

Einige der Karikaturen des jüngeren Ruskin stützen sicherlich das Bild vom „Zeteraal“ (Zitteraal), aber dieser Scherz muss bei den Dekanats-Kinder einen gewissen Schauder hervorgerufen haben.

Wir haben gesehen, wie Dodgson die Verse parodierte, die aufzusagen Alice und ihre Schwestern gelernt haben mussten. Nicht alle davon waren ursprünglich an Kinder gerichtet, wie etwa „Speak Gently“ (1845) des Amerikaners David Bates:

Sprich sanft! – Besser ist's nicht nur bei Kindern
Nicht Furcht, nein, Lieb' zu zieh'n auf dich hienieden
Sprich sanft! – Lass nicht harsche Worte mindern
Das Gute, das hier wir können unablässig üben!

Sprich sanft! – Die Liebe wispert nur verhalten
Die Schwüre, die aufricht'ge Herzen binden;

John Ruskin, Inhaber der Slade-Professur für Schöne Künste, Freund der Liddells und einst Alice' Zeichenlehrer (bzw. „Mahl"-Lehrer), hatte breit gefächerte soziale Interessen. Der Cartoon der Shrimptons (ca. 1874) verspottet sein Engagement für die Pläne zur Verbesserung der North Hinksey Road.

Und sanft lässt Freundschaft ihre Stimme walten,
Zuneigung lässt stets uns güt'ge Töne finden.

Sprich sanft zum kleinen Kinde,
Gewinnst du so doch seine Liebe.
Zur Unterweisung milde Worte finde:
Wer weiß, wie lang es bliebe.

Als Alice die Küche der Herzogin betritt – ihrerseits eine Parodie aller komfortablen und seelischen Komfort vermittelnden literarischen Küchen – ist daraus ein Gedicht geworden, dessen dritte und vierte Zeile in vielen britischen Haushalten sprichwörtlich geworden sind:

Sprich roh mit deinem kleinen Sohn
Und hau ihn, wenn er niest;
Er tut es doch nur dir zum Hohn,
Und weil es dich verdrießt.[17]

Manche der Parodien haben wirklich ein sehr ausgeprägtes Lokalkolorit. In *Under Ground* (wenn auch nicht in *Wunderland*) singt die Falsche Suppenschildkröte eine Version eines Lieds, das die drei Liddell-Schwestern, wie Dodgson in seinem Tagebuch vermerkt (2. Juli 1862), „überaus beherzt" nach dem Mittagessen im Dekanat sangen. Im Original begann es mit:

Sally hinab! Sally herauf!
Sally, komm, dreh dich im raschen Lauf![18]

Nicht verwunderlich, dass die Falsche Suppenschildkröte Folgendes daraus macht:

Lachslein hinab! Lachslein herauf!
Lachslein, komm, dreh deinen Schwanz im Lauf![19]

Ganz ähnlich hörte Dodgson am 1. August 1862 Alice und Edith das Christy-Minstrel-Lied „Beautiful Star" (1855) singen:

Am Himmel so klar, du lieblicher Stern,
Sanft erstrahlt dein Licht von fern,
Weitab der Erd' ziehst du die Bahn,
Stern du des Abends, lieblicher Stern.

Lieblicher Stern,
Lieblicher Stern,
Stern du des Abends, lieblicher Stern.[20]

In *Under Ground* und *Wunderland* erscheint dazu dieselbe Parodie, vorgetragen, „von häufigem Schluchzen unterbrochen", von der Falschen Suppenschildkröte:

Schalippe, schaluppe! Seht doch die Suppe,
Die fette! Die grüne! In der Terrine!
Komm, meine Puppe! Riechst du die Suppe?
Die Suppe der Suppen, die herrliche Suppe!
Die Suppe der Suppen, die herrliche Suppe!
Her-r-r-liche Suppe!
Her-r-r-liche Suppe!
Suppe der Suppen,
Herrliche, herrliche Suppe![21]

Man erzählt sich, dass es den Kindern, wenn in Christ Church *echte* Schildkrötensuppe auf dem Speisezettel stand, erlaubt war, in den Küchenräumlichkeiten auf den Schildkröten zu reiten.

Es ist verblüffend, dass es, als Dodgson dabei war, *Hinter den Spiegeln* zusammenzustellen, und im wirklichen Leben wenig mit den heranwachsenden Liddell-Kindern zu tun hatte, nur eine kurze Parodie, und zwar von „Rock-a-bye baby", gibt: Dieses Element der Kindheit war nicht mehr so relevant. Und obwohl die Figur der Alice ganz offensichtlich dieselbe wie die in *Wunderland* sein soll, gibt es wenig direkte Bezugnahmen auf gemeinsame Erfahrungen. Alice' jüngere Schwestern, Rhoda (geb. 1859) und Violet (geb. 1864), haben einen kurzen Auftritt im Garten der sprechenden Blumen; das Schachspiel selbst spiegelt womöglich die Partien wieder, die Dodgson mit den Liddells gespielt hat; das Schachbrettmuster der Landschaft vom kleinen Hügel aus gesehen ist vielleicht ein Anklang an einen Besuch in Charlton Kings – wo es einen berühmten Spiegel in dem Haus gibt, in dem die Liddells sich aufhielten. Ähnlich könnte das Interesse, das der Weiße König an Truppenbewegungen hat, eine gemeinsame Erinnerung daran zum Ausdruck bringen, dass am Tag vor dem mythischen Bootsausflug die Heirat von Edward, dem Prinzen von Wales,

Bis zum Jahr 1890, als John Tenniel die Revision und Vereinfachung einiger seiner Originalillustrationen für *The Nursery Alice* überwachte, hatte sich die Mode geändert und Alice bekam einen Faltenrock und ein Haarband.

mit einem „Celebrity Battle“ begangen wurde, an dem auf der Wiese vor Christ Church Hunderte von Freiwilligen teilnahmen.

> „Es sind dir nicht zufällig irgendwelche Reiter begegnet, mein Kind, als du durch den Wald gingst?“
> „Doch“, sagte Alice; „es werden wohl einige tausend gewesen sein.“
> „Viertausendzweihundertundsieben ist die genaue Anzahl“, sagte der König nach einem Blick ins Notizbuch.[22]

Aber im Laufe der Zeit gibt es in den Büchern eine allmähliche Verschiebung weg von einer Beschäftigung mit Erfahrungen, die Alice, ihre Schwestern und Dodgson teilten, hin zu dem, was Dodgsons höchst eigenwilligen Geist beschäftigte.

Ein weiteres Beispiel aus der ersten Version von Butchers Glasdia-Satz zu *Alice im Wunderland*: Der Satz wurde später, vielleicht wegen der großen Nachfrage, neu gezeichnet, was mit dem Verlust vieler Details einherging.

4

DIE AUSSENWELT VON CHARLES DODGSON

„Irgendwie kommen mir dabei lauter Gedanken in den Kopf – aber ich weiß nicht genau, welche!“ – Alice über den „Jabberwocky“[1]

Dodgson war solch ein unermüdlicher und streitlustiger Satiriker, der Christ Church und Oxford mit witzigen und oft anonymen Pamphleten überzog, dass es kaum Wunder nimmt, wenn er die „Alice“-Bücher mit skurrilem Material vollgepfropft hat. Und der perfekte Deckmantel war: das unschuldige Kinderbuch. Kingsley mochte in den *Wasserkindern* seine Vorurteile verkündet und dadurch die Magie der Erzählung zerstört haben: Dodgson war demgegenüber viel subtiler und er war auch wesentlich stärker introspektiv veranlagt. Und wie das bei vielen ironischen Menschen der Fall ist, war es ihm egal, wenn er der Einzige war, der den Witz verstand.

Das Problem für heutige Leser besteht natürlich darin, das Zufällige vom Absichtlichen zu unterscheiden. Wir wollen um eines Beispiels willen zum aberwitzigen Fünf-Uhr-Tee zurückkehren. Die Episode taucht in *Under Ground* nicht auf und man ist versucht, sie als eine Satire auf etwas aufzufassen, was weithin (weil es den Weg in die nationalen Zeitungen nahm) als „Bread and Butter War“ bekannt wurde. Dodgson und sein Freund Thomas Prout führten im Jahr 1864 eine (letztlich auf Dekan Liddell abzielende) Kampagne zur Verbesserung des Ernährungsstandards in Christ Church. Es sollte das System reformiert werden, das es den Collegebediensteten ermöglichte, so viel Profit aus der Nahrungsmittelversorgung zu schlagen wie nur irgend möglich. Der Mangel an Logik, die Ungerechtigkeit und das allgemeine Chaos des Fünf-Uhr-Tees scheinen da wie eine treffende Beschreibung dessen, was sich im wirklichen Leben abspielte:

„Ich möchte eine saubere Tasse haben", unterbrach sie der Hutmacher; „wir wollen alle einen Stuhl weiterrücken."
Bei diesen Worten rutschte er auf den nächsten Platz hinüber und die Haselmaus hinter ihm drein; der Schnapphase setzte sich auf den Platz der Haselmaus, und auch Alice rückte nach, wenngleich ziemlich missmutig. Als einziger war der Hutmacher bei dem Platzwechsel gut weggekommen …[2]

Es ist recht verführerisch, Dr. Prout als die Haselmaus zu sehen, aber verspottete Dodgson auch andere Involvierte? Die Wissenschaft hat zwei damals wohlbekannte Oxforder Persönlichkeiten als Kandidaten für die Rolle des Hutmachers vorgeschlagen – Theophilus Carter, den Erfinder des Weckerbetts, und Thomas Randall, Hutmacher und seines Zeichens Bürgermeister von Oxford, dessen Tochter Eliza mit den Liddells befreundet war. Jedoch brauchte sich Tenniel, während es keinen Beleg dafür gibt, dass er jemals nach Oxford gekommen wäre, um einen der beiden Genannten zu porträtieren, nur Bilder von Dekan Liddell anzusehen, um ein Modell vor Augen zu haben. (Der Schnapphase könnte eine Bezugnahme auf Julius Charles Hare [1795–1855] sein, Erzdiakon von Lewes, der Kingsley und dessen sozialistische Ideen unterstützte, mit denen dieser der sogenannten „broad church" nahestand, aber das passt nicht ohne Weiteres in die Brot-und-Butter-Theorie!)

Eine weitere in der „broad church" verankerte umstrittene Persönlichkeit, gegen deren umfängliche Universitätsreformen Dodgson starke Einwände hatte – tatsächlich hielt er seine einzige Rede vor der Congregation (dem „Parlament" der Universität) im Jahr 1861 zu diesem Thema –, war Benjamin Jowett. Er war eine imposante Figur und wurde als solche auch Gegenstand eines studentischen Spottverses:

Hier bin ich, mein Name ist Jowett
Kein Wissen gibt's, das ich nicht hätt'
Über dies' College, da gebiete ich
Was ich nicht weiß, das spar' man sich.

In *Wunderland* findet sich Alice wieder, wie sie vor dem Raupentier – gezeichnet von Tenniel mit den Ärmeln eines Talars – Gedichte aufsagt. Sie versucht sich an

Kirchlicher Aberwitz? Der Dekan von Christ Church (der Hutmacher) wendet sich an den Erzdekan von Lewes (den Schnapphasen), den Rektor von Binsey (die Haselmaus) und seine eigene Tochter.

Robert Southeys „The Old Man's Comforts and How He Gained Them" (*Annual Anthology* 1, 1799, dt.: „Der Seelenfrieden des alten Mannes und wie er ihn erlangte"):

„Du bist alt, Vater Wilhelm", der Jüngling sprach,
„Grau, mit schütterem Haar, doch gesund
Stehst du vor mir und sichtlich mit heiterem Sinn:
Nun nenne mir dafür den Grund."
„In der Jugend schon", drauf Vater Wilhelm wohl sprach,
„Wusste ich, bald ist Jugend nicht mehr,
Und verschwendete nicht die Gesundheit und Kraft,
Dass ich sie nicht im Alter entbehr'."[3]

Oxford als Mittelpunkt künstlerischer und philosophischer Debatten: John Ruskin und Benjamin Jowett auf den gegenüberliegenden Seiten des „Tempels der Wahrheit". Eine weitere Satire aus den „Oxforder Karikaturen" der Shrimptons, ca. 1872.

(Robert Southey, von 1813 bis zu seinem Todesjahr 1843 Poet Laureate, d.h. Hofdichter, war Samuel Taylor Coleridges Schwager, ein Freund von Thomas Telford, der als Baumeister der Menai-Brücke Berühmtheit erlangte, und hat das Märchen „Goldilocks", dt.: „Goldlöckchen und die drei Bären", wiederbelebt.) Alice' unglücklicher Versuch (gestützt von Tenniels Illustration, die leicht als Karikatur aufgefasst werden kann) könnte gut ein verhüllter Angriff auf Jowett sein:

Die arrogante und (vielleicht hoch) in akademischen Ehren stehende Raupe. Könnte dies Dr. Jowett, Master des Balliol College, sein, zu dessen Aussprüchen gehörte: „Weiche nie zurück. Erkläre dich nie. Bring es zu Ende und lass' sie heulen."

„Ihr seid alt, Vater Franz", sagte Fränzchen, der Tropf,
„Und Ihr habt schon schneeweiße Haare;
Und nichtsdestotrotz steht Ihr pausenlos kopf –
Bedenkt Ihr denn nicht Eure Jahre?"

„Als ich jung war", der Vater zur Antwort drauf gab,
„Ließ ichs sein wegen meinem Verstand;
Doch nun, da ich weiß, daß ich gar keinen hab,
Tu ichs dafür am laufenden Band."[4]

Aber es wurden auch universellere Themen debattiert als Universitätsreformen, und Dodgson, ein Mann der anglokatholizistischen Kirche mit gewissen sozialistischen Sympathien und einem ausgeprägten Sinn für Humor, wurde natürlich in diese verwickelt – was uns zu dem Hündchen bringt.

Im dritten Kapitel von *Under Ground* sowie im vierten Kapitel von *Wunderland* trifft die drei Zoll große Alice, geschildert in buchstäblich denselben Worten, auf einen überschwänglichen Welpen:

> Da stand ein riesenhafter junger Hund, schaute mit großen Kulleraugen auf sie herunter und haschte sanft mit einer Pfote nach ihr. „Wo ist denn mein kleines Hündchen?" sagte Alice in besänftigendem Ton und versuchte, ihm etwas vorzupfeifen; aber in Wirklichkeit hatte sie schreckliche Angst, daß er vielleicht hungrig sein könnte, denn dann fraß er sie sehr wahrscheinlich auf, auch wenn sie noch so nett mit ihm spielte.
>
> Fast ohne Überlegung griff sie nach einem kleinen Stock und hielt ihn dem Hündchen hin; das sprang mit allen vieren hoch in die Luft und jaulte vor Vergnügen und raste auf den Stock los, als wollte es danach schnappen; aber Alice duckte sich schnell hinter eine große Distel, um nicht überrannt zu werden; sobald sie auf der anderen Seite der Distel wieder hervorkam, sauste das Tier wieder auf sie los und überkugelte sich vor Eifer, den Stock zu erwischen.[5]

Alles recht unschuldig, könnte man meinen, und ein probates Mittel für eine fantastische Geschichte, in der die weibliche Heldin ständig ihre Größe ändert.

Nur dass am 30. Juni 1860 im neuen Oxford Museum eine berühmt-berüchtigte Zusammenkunft der British Association for the Advancement of Science stattfand. Diese geriet zu einem Disput über Darwins kurz zuvor veröffentlichte Theorien zur natürlichen Auslese zwischen, unter anderem, Thomas Huxley, einem Apologeten Charles Darwins (der krank war), und Samuel Wilberforce, Bischof von Oxford (aka Soapy Sam wegen seiner zuweilen schlüpfrigen Rhetorik). Darwins Theorien stellten einen kulturellen Wendepunkt dar, sie riefen einen Konflikt hervor zwischen der Annahme von der Unfehlbarkeit der Heiligen Schrift und der Idee, der Mensch sei nicht Gottes letztes Wort gewesen und könnte vielmehr in einem endlosen Evolutionsprozess vom Affen abstammen. Die Implikationen insbesondere für die etablierte Religion waren enorm – nicht zuletzt für Kinderbücher, wo die religiösen Gewissheiten in

Eine von John Tenniels Originalzeichnungen für „You are old, Father William", Dodgsons Parodie auf Southey. Die Aalreusen im Hintergrund bestanden aus Weidenkörben, in denen die Aale gefangen wurden. Alice musste solche Körbe auf ihren Picknick-Ausflügen mit Dodgson in Godstow gesehen haben. Hier handelt es sich um die spiegelverkehrte Variante des publizierten Bildes, bevor es von den Brüdern Dalziel gestochen wurde.

Bezug auf Lohn und Strafe besonders stark verankert waren. Die Debatte wurde in Gang gesetzt durch einen Beitrag von Joseph Dalton Hooker, einem engen Freund Darwins.

Im Publikum war Charles Dodgson, der die beträchtliche Summe von zwei Guineen für eine Eintrittskarte ausgegeben hatte. Er war bis zu einem gewissen Grad persönlich involviert, war er doch von Wilberforce geweiht worden, den er auch fotografiert hatte.

Und der Welpe? Sicher ist Dodgsons Originalillustration in *Under Ground* die eines universell verwendbaren Hündchens, aber bei Tenniels Illustration für *Wunderland* geschieht etwas Seltsames. Tenniel, das darf man nicht vergessen, war vor allem ein politischer Cartoonist und Karikaturist, und das Gesicht seines Hündchens erscheint sehr vertraut.

Könnte es der junge Charles Darwin sein? Und könnte der Rest des Hundes ein Beagle sein – damals ein recht anders aussehender Hund als die gegen-

wärtige Rasse (Darwins wissenschaftliche Karriere basierte auf seiner fünfjährigen Reise auf der HMS *Beagle*)? Oder könnte es Thomas Huxley sein, der als „Darwins Bulldogge“ bekannt war und der bei seinem Vortrag eine so unwirksame, gleichzeitig jedoch einprägsame Verteidigung von Darwin hatte hören lassen? (Dodgson fotografierte Huxley später.) Gerade dieser satirische Hieb mag ins Schwarze getroffen haben – Darwins Sohn behauptete, von all den persönlichen Angriffen auf ihn habe es Darwin am meisten verletzt, als Hund beschrieben zu werden!

Falls dies ein wenig weit hergeholt erscheint, so gibt es zwei andere Hinweise auf Dodgsons Verspieltheit. Kann es ein Zufall sein, dass Alice hinter einer „großen Distel“ (engl.: „thistle“) Zuflucht suchte und einer von Dodgsons Kollegen in Oxford William Turner Thiselton-Dyer (1843–1928) war?

Gibt es hier eine gewisse Ähnlichkeit? Alice und das übermütige Hündchen – und Charles Darwin im Jahr 1849, im Alter von 40 Jahren.

Er studierte Mathematik in Christ Church und wechselte dann zu den Naturwissenschaften – und war zu der Zeit kein Darwinist. Hinter wem hätte Alice besser Zuflucht suchen können, um dieser herumhüpfenden Darwin-Huxley-Kreatur zu entkommen? Der zweite Hinweis ist die Tatsache, dass sowohl Dodgsons als auch Tenniels Illustrationen des Tränenteichs (vielleicht die Ursuppe?) – unter den Haustieren und Vögeln aus der Reihe fallend – einen Affen beinhalten.

Dodgsons Zugang zu der Kontroverse unterschied sich von dem von Margaret Gatty oder Charles Kingsley. Gatty hatte in *Parables from Nature* unmittelbar das herausgefordert, was sie als Darwins Arroganz und Materialismus betrachtete; Kingsley hatte in den *Wasserkindern* versucht, eine neue Verschmelzung zwischen Religion und Wissenschaft zu entwickeln – der Kaminkehrer Tom wird von einem „kleinen schwarzen Affen" zu einem großen „Mann der Wissenschaft"[6]. Dodgson war mit der Mehrdeutigkeit der neuen Welt konfrontiert. Mit dem Proporz-Rennen, Alice' wechselnder Größe und Gestalt, dem sich in ein Schwein verwandelnden Baby, den verlorenen Spiegelinsekten und der Tatsache, dass die menschliche Überlegenheit über Tiere ständig untergraben wird und die Natur an Alice' Überleben nicht interessiert ist, bringt Dodgson eine Stellungnahme hinsichtlich des nach-Darwin'schen, gottlosen Universums vor. Dies ist eine Welt, in der nur der Stärkste überlebt: Alles ist instabil und bedrohlich; fromme Verse erhalten eine grausame Wendung und Alice überlebt nicht durch Verstand oder Souveränität, sondern durch ihr passiv-aggressives Verhalten. Was vielen als ein liberales, befreiendes Bild der Kindheit erschienen ist (und noch erscheint), ist in Wirklichkeit ein Alptraum aus der Zeit nach Darwin. Möglicherweise ist die Tatsache, dass letztlich alles nur ein Traum ist, kein Mangel an feministischer Courage auf Seiten von Dodgson und kein Eingeständnis der Realitäten in Bezug auf die Stellung eines Mädchens in der Gesellschaft, sondern Ausdruck einer verzweifelten Hoffnung, dass sich die Dinge *nicht* ändern mögen.

Natürlich kann es sein, dass wir auf einem von Disteln gesäumten Holzweg sind, und das Hündchen könnte auch einfach nur ein fröhlicher Seitenhieb auf Charles Kingsley sein, den Thomas Hughes (der Autor von *Tom Brown's Schooldays*) so beschrieb, dass er wie ein Neufundländer-Welpe sei, der jeder neuen Idee enthusiastisch nachjagt.

Selbst der Fünf-Uhr-Tee könnte unpolitisch sein – und wesentlich näher an der simplen Realität, als man vermuten könnte. 1863 hatte Dodgson auf seiner Suche nach Berühmtheiten, die sich fotografieren lassen würden, Dante Gabriel Rossetti in dem etwas unkonventionellen Haushalt in 16 Cheyne Walk, London, besucht. Zu den Bewohnern und Besuchern gehörten James McNeill Whistler, William Morris, Algernon Charles Swinburne, George Meredith, Ford Madox Brown und der berüchtigte Erpresser Charles Augustus Howell. Es gab lärmende Dinner-Partys – und „auch die Menagerie der Rossettis. Ein Wombat schlief zufrieden auf der Tafel. Ein Gürteltier und ein Känguru lebten in den Gärten."[7]

Dodgson machte Fotografien der Rossetti-Familie, darunter auch Christina; in einem Brief an sie lobte er ihre Gedichterzählung *Goblin Market* (1862, dt. etwa: *Markt der Kobolde*). Auch wenn die glühende Sinnlichkeit des Gedichts es vielleicht als Kinderbuch disqualifiziert, mag sich ein Abglanz davon in *Hinter den Spiegeln* erhalten haben, wenn Alice ihre Arme „bis zum Ellbogen" in den Bach taucht, um „immer wieder aufs neue nach einer Dolde der wunderschönen, duftenden Blumenbinsen" zu greifen.[8]

Laura reckte ihren schimmernden Hals apart
Wie ein Schwan, der sich in den Binsen wiederfindet
Wie eine Lilie dort drüben am Wildbach ganz zart
Wie ein Pappelzweig beschienen vom Mondenlicht
Wie ein Dampfer, der Fahrt aufzunehmen verspricht
Wenn erst die letzte Zurückhaltung schwindet.

Manche von Dodgsons Bezugnahmen auf Personen sind offensichtlicher und liebevoller. Der Hutmacher erinnert sich an das Lied, das er bei einem Festkonzert der Herzkönigin sang:

„Funkel, funkel, Fledermaus!
Wonach fliegst du heut' wohl aus?

Vielleicht kennst du das Lied?"
„Ich hörte mal etwas ähnliches", sprach Alice.
„Es geht wie du weißt", fuhr der Hutmacher fort, „so weiter:

Segelst hoch über der Welt
Wie'n Teetablett am Himmelszelt
Funkel, funkel –"[9]

Dies ist natürlich eine Parodie auf Jane Taylors „The Star" aus *Rhymes for the Nursery* (1806, dt. etwa: *Reime für die Kinderstube*), das zum Bestandteil des nationalen Kanons wurde:

Funkel, funkel, kleiner Stern,
Am Himmelszelt so hoch und fern;
Bist du uns auch unbekannt:
Funkelst wie ein Diamant.[10]

„Fledermaus" (Bat) war der Spitzname von Bartholomew Price, ab 1845 Mathematikdozent in Oxford. Dodgson nahm im Sommer 1854 mit ihm gemeinsam an einer um eine Lesung herum organisierten Party in Whitby teil.

Aber all dies ist gewissermaßen das öffentliche Gesicht von Dodgson: Die „Alice"-Bücher bestanden in weit stärkerem Maße aus dem Stoff, aus dem sein Geist war, logisch und mathematisch auf der einen Seite und sehr gefühlsbetont auf der anderen.

Menschen, die die Welt bewegten: Dodgson hatte sie gelesen, war mit ihnen bekannt oder hatte sie fotografiert. Und er machte sie in mindestens drei Fällen zum Gegenstand seiner Satire in den „Alice“-Büchern. Eine Bildtafel aus *English Celebrities of the Nineteenth Century* (1876). In der hinteren Reihe von links nach rechts: John Stuart Mill, Charles Kingsley und Charles Darwin; in der vorderen Reihe von links nach rechts: Charles Lamb, Herbert Spenser und John Ruskin.

5

DAS INNENLEBEN VON CHARLES DODGSON

„Du bist traurig", sagte der Ritter mit besorgter Stimme; „ich will dir ein Lied vorsingen, um dich zu trösten."

„Ist es sehr lang?" fragte Alice, denn ihr waren an diesem Tag schon sehr viele Gedichte vorgetragen worden.

„Lang vielleicht", sagte der Ritter, „aber sehr, sehr schön. Jedem kommen dabei entweder die Tränen oder –"

„Oder was?" fragte Alice, denn der Ritter war plötzlich verstummt.

„Oder auch nicht", sagte der Ritter.[1]

Eines der Hauptmerkmale der „Alice"-Bücher ist der *Respekt*, den Dodgson für seine kindliche Leserschaft zeigte. Wie wir gesehen haben, war es für ihn nicht von Belang, ob die Scherze jemals entschlüsselt wurden (was natürlich zu allerhand entsprechenden Versuchen geführt hat), aber wenn es um Schach, Mathematik oder Logik ging, scheint er davon ausgegangen zu sein, dass er ein Publikum auf Augenhöhe ansprach.

Beispiele gibt es dafür in reicher Zahl. Am Anfang von *Wunderland*, als die fiktionale Alice herausfinden möchte, wer sie ist, versucht sie sich an der Geografie („Paris ist die Hauptstadt von Rom"), an Gedichten („Wie emsig doch das Krokodil …") und am Einmaleins:

> „Also: vier mal fünf ist zwölf, und vier mal sechs ist dreizehn, und vier mal sieben ist – aber nein, auf diese Weise komme ich nie bis zwanzig!"[2]

Es ist wenig überraschend, dass dies mathematisch gesehen keineswegs unsinnig ist, denn wenn Alice diese Reihe bis „zwölf mal zwölf" fortsetzt, dem normalen Ende des Einmaleins, so ist die letzte Zahl die 19. Das liegt daran, dass in einer

Zahlenfolge, deren Basis 18 ist, gilt „4 × 5 *ist* 12“, und in einer Zahlenfolge, deren Basis 21 ist, „4 × 6 *ist* 13“. Jedoch bricht diese Progression zusammen, wenn wir 20 erreichen (oder eben nicht erreichen). Dodgsons Entzücken über diese Art von Raffinesse ist offensichtlich.

Und dann ist da die Zahl 42, an der Dodgson ein, sagen wir einmal, lebenslanges Interesse gehabt zu haben scheint.

> In diesem Augenblick rief der König, der inzwischen etwas in sein Notizbuch geschrieben hatte, mit lauter Stimme: „Ruhe!“ und las dann aus dem Buch vor: „Vorschrift Nummer zweiundvierzig: *Alle über einen Kilometer großen Personen haben den Gerichtssaal zu verlassen.*“ … „Es ist die älteste Vorschrift im ganzen Buch.“
> „Dann müsste sie die Nummer eins haben“, sagte Alice.[3]

Wunderland hat 42 Illustrationen und *Hinter den Spiegeln*, das jetzt 50 aufweist, wurde ursprünglich ebenfalls mit 42 angekündigt. Vielleicht ist es ein Zufall, dass der König in *Hinter den Spiegeln* 4207 Pferde sendet (7 ist ein Faktor von 42), aber die Unterredung, die Alice mit der Weißen Königin hat, lässt wenig Zweifel, dass wir es mit einem außerordentlichen Maß an Hintersinn zu tun haben.

Man hat herausgefunden, dass Alice' Alter in *Hinter den Spiegeln* sieben Jahre und sechs Monate beträgt und dass das Buch am 4. November 1859 spielt. Als sie Alice in bester Gouvernanten-Manier befragt, sagt die Weiße Königin:

> „Bedenken wir zunächst dein Alter. Wie alt bist du?“
> „Siebeneinhalb.“
> „Deswegen brauchst du noch lange nicht ‚süben‘ zu sagen“, bemerkte die Königin; „ich glaube es auch so. Und jetzt will ich dir etwas Schönes zum Glauben geben. Ich bin einhundertein Jahr, fünf Monate und zwei Tage alt.“[4]

Nun mag man die Tatsache, dass die Bestandteile von Alice' Alter, 7 und 6, wenn man sie multipliziert, 42 ergeben, als wunderlichen Zufall ansehen. Aber ein bemerkenswerter Gelehrter, Edward Wakeling, hat herausgefunden, dass, wenn man die Tage zählt, die die Weiße Königin bis zum 4. November 1859 bereits am Leben ist – ohne die Schaltjahre zu übersehen –, das Gesamt 37044 ist: Man braucht dies nur zu verdoppeln (es gibt zwei Königinnen und da sie Teil ein und

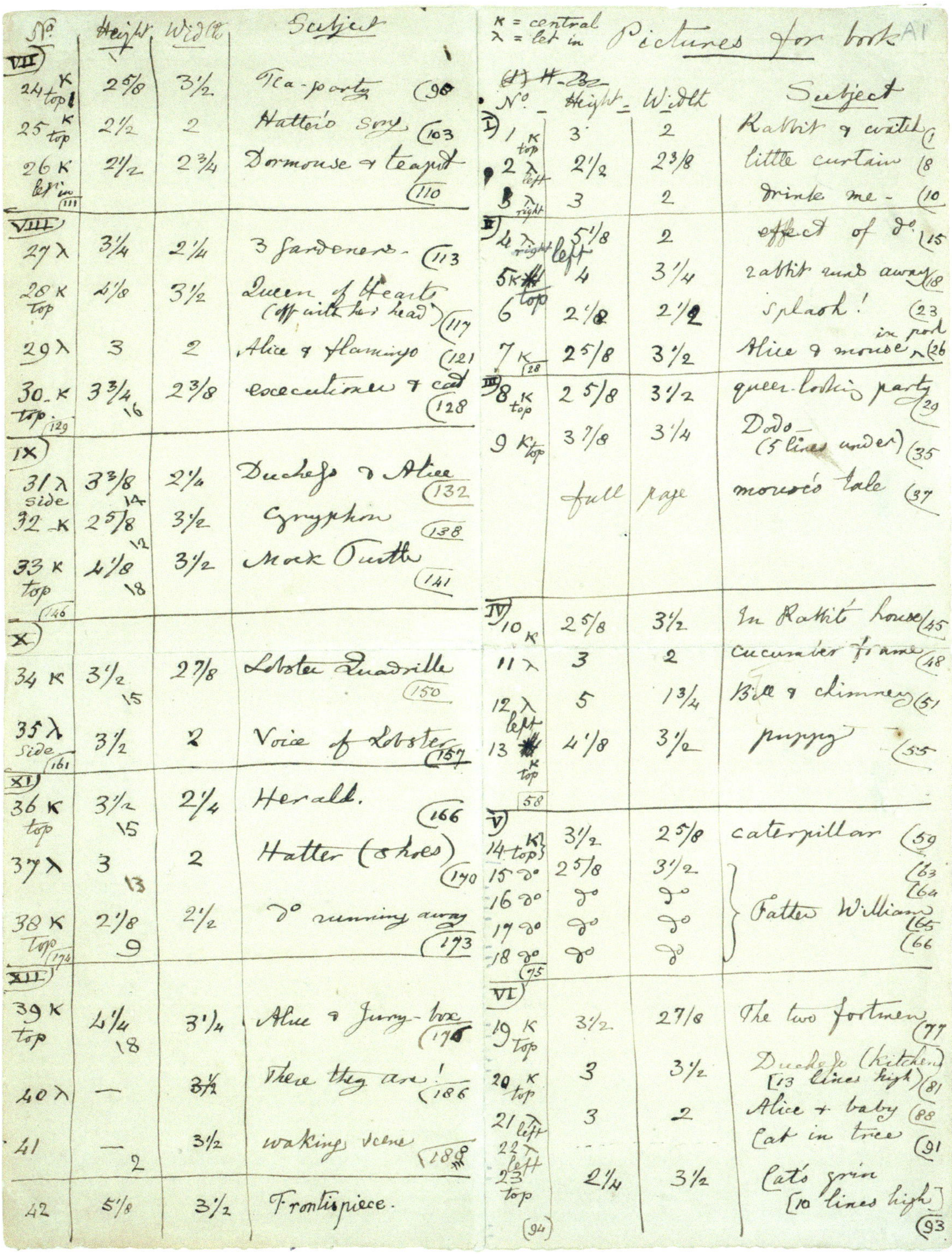

κ = central
λ = let in

Pictures for book

No.	Height	Width	Subject
I			
1 κ top	3	2	Rabbit & watch (1
2 λ left	2 1/2	2 3/8	little curtain (8
3 λ right	3	2	drink me – (10
II			
4 λ right left	5 1/8	2	effect of do (15
5 κ top	4	3 1/4	rabbit runs away (18
6	2 1/8	2 1/2	splash! (23
7 κ (28	2 5/8	3 1/2	Alice & mouse in pool (26
III			
8 κ top	2 5/8	3 1/2	queer-looking party (29
9 κ top	3 7/8	3 1/4	Dodo (5 lines under) (35
	full	page	mouse's tale (37
IV			
10 κ	2 5/8	3 1/2	In Rabbit house (45
11 λ	3	2	cucumber frame (48
12 λ left	5	1 3/4	Bill & chimney (51
13 κ top (58	4 1/8	3 1/2	puppy (55
V			
14 κ top	3 1/2	2 5/8	caterpillar (59
15 do	2 5/8	3 1/2	Father William (63
16 do	do	do	(64
17 do	do	do	(65
18 do (75	do	do	(66
VI			
19 κ top	3 1/2	2 7/8	The two footmen (77
20 κ top	3	3 1/2	Duchess (kitchen) [13 lines high] (81
21 left	3	2	Alice + baby (88
22 λ left	–		Cat in tree (91
23 top (94	2 1/4	3 1/2	Cat's grin [10 lines high] (93

No.	Height	Width	Subject
VII			
24 κ top	2 5/8	3 1/2	Tea-party (90
25 κ top	2 1/2	2	Hatter's song (103
26 κ let in (111	2 1/2	2 3/4	Dormouse & teapot (110
VIII			
27 λ	3 1/4	2 1/4	3 gardeners – (113
28 κ top	4 1/8	3 1/2	Queen of Hearts (off with her head) (117
29 λ	3	2	Alice & flamingo (121
30 κ top (129	3 3/4 16	2 3/8	executioner & cat (128
IX			
31 λ side	3 3/8 14	2 1/4	Duchess & Alice (132
32 κ	2 5/8 12	3 1/2	Gryphon (138
33 κ top (146	4 1/8 18	3 1/2	Mock Turtle (141
X			
34 κ	3 1/2 15	2 7/8	Lobster Quadrille (150
35 λ side (161	3 1/2	2	Voice of Lobster (157
XI			
36 κ top	3 1/2 15	2 1/4	Herald. (166
37 λ	3 13	2	Hatter (shoes) (170
38 κ top (174	2 1/8 9	2 1/2	do running away (173
XII			
39 κ top	4 1/4 18	3 1/4	Alice & Jury-box (17[illegible]
40 λ	—	3 1/2	There they are! (186
41	— 2	3 1/2	waking scene (188
42	5 1/8	3 1/2	Frontispiece.

Am 25. Januar 1864 traf Dodgson Tenniel in London und bat ihn, *Wunderland* zu illustrieren; am 5. April willigte Tenniel ein; am 13. Oktober zeigte er Dodgson das erste Bild und sie einigten sich auf „etwa 34 Bilder“, die bis zum 18. Juni 1865 allesamt fertiggestellt waren. Tenniel war ein vielbeschäftigter Mann.

desselben Spiels sind, müssen sie gleichaltrig sein), so ergibt sich 74088 – und 74088 ist zufällig (?) 42 x 42 x 42.[5]

Selbst wenn man die Komplexität von Dodgsons Denken berücksichtigt, besteht die offensichtliche Gefahr, dass wir, Verschwörungstheoretikern gleich, hinter jeder Zeile eine geniale Wendung vermuten.

Nehmen wir die (umstrittene) Tatsache, dass in *Hinter den Spiegeln*, einem Buch über ein Schachspiel, in dem die Figuren, wie dies im 19. Jh. üblich war, rot und schwarz sind, das Wort „weiß" 68-mal auftaucht und das Wort „rot" 68-mal. Dies ist in Anbetracht dessen, was wir von Dodgson wissen, nicht besonders verwunderlich – aber warum sollte er dies tun? Um des Gleichgewichts willen? (Nebenbei bemerkt wurde auf das moderne Schachspiel seit dem 15. Jh. als „mad queen chess" Bezug genommen.) Und warum 68? Natürlich hat fast jede Zahl mathematische und symbolische Bedeutung und so könnte es gefährlich sein, zu viel hineinzulesen – aber die 68 scheint die Art von Attributen zu haben, die einen Reiz auf Dodgson ausgeübt haben mussten. Mathematiker sagen uns, die 68 ist:

- eine „Glückszahl" –, d.h., wenn die Zahlen 6 und 8 quadriert (= 36 und 64) und zusammengezählt werden, so machen sie 100 aus, und wenn die Quadratzahlen von 1, 0 und 0 zusammengezählt werden, ergeben sie 1;
- die größte gerade Zahl, die auf zweierlei Art als die Summe von zwei Primzahlen ausgedrückt werden kann (7 + 61 = 31 + 37);
- eine Kombination, die erst an der 606. und 607. Stelle von *Pi* erscheint (jede andere zweistellige Kombination erscheint früher);
- und vor allem ist es die Anzahl an Feldern, die für drei Züge des Springers zugänglich sind, wenn das Schachbrett groß genug ist.

Aber das ist natürlich noch nicht alles. Die 68 ist auch die Opus-Nummer von Beethovens 6. Sinfonie, der „Pastorale", und man geht nicht zu weit, wenn man sich fragt, ob Dodgson in manchen Kapiteln von *Hinter den Spiegeln* Beethovens Beschreibung von deren fünf Sätzen parodierte.

1: „Erwachen heiterer Empfindungen bei der Ankunft auf dem Lande" – „Der Garten der sprechenden Blumen";

2: „Szene am Bach" – „Eine Spiegelschnake und andere Insekten";

3: „Lustiges Zusammensein der Landleute“ – „Zwiddeldum und Zwiddeldei“;
4: „Gewitter, Sturm“ – die Krähe in „Zwiddeldum und Zwiddeldei“ und „Schaf und Ruder“ – und es gibt keine Pause zwischen dem dritten und vierten Satz der Sinfonie, außerdem „endet“ der dritte mit einer unvollständigen (entschieden krähenartigen) Kadenz; und
5: „Hirtengesang. Frohe und dankbare Gefühle nach dem Sturm“ – „Schaf und Ruder“.

Und ganz offensichtlich war Dodgson mit Beethoven vertraut. Der 23. seiner „Konkreten Vorschläge“ in *Symbolic Logic* liest sich wie folgt:

(1) Niemand, der Beethoven wirklich schätzt, verabsäumt es, still zu sein, während die Mondscheinsonate gespielt wird;
(2) Meerschweinchen sind hoffnungslose Ignoranten, was Musik angeht;
(3) Niemand, der ein hoffnungsloser Ignorant ist, was Musik angeht, verhält sich jemals still, während die Mondscheinsonate gespielt wird.

Ebenso könnte er einen weiteren (wehmütigen) privaten Scherz für Alice Liddell und ihre Schwestern erdacht haben: Es kann gut sein, dass sich Robert Schumanns *Album für die Jugend* (Opus 68!) im Dekanat auf einem Notenständer befand. Und bei den Namen mancher seiner 18 Stücke für Kinder könnte man annehmen, sie seien in *Hinter den Spiegeln* illustriert worden: „Soldatenmarsch“, „Armes Waisenkind“, „Wilder Reiter“, „Erster Verlust“, „Kleiner Morgenwanderer“. Und dabei lassen wir noch die Tatsache außer Acht, dass Carrolls Vater 18*68* starb – in dem Jahr also, in dem er das elegische *Hinter den Spiegeln* begann.

Dodgson hat neben vielem anderen ein endloses Labyrinth geschaffen. Aber das ist noch nichts verglichen mit dem Labyrinth, das er entstehen ließ, indem er seine persönlichen Gefühle in seine Bücher einfließen ließ – und eine Art, auf die er dies getan zu haben scheint, ist durch Cameo-Auftritte. Einer der hintersinnigsten ist das Bild von Goggelmoggel, wie er in das Ohr einer anonymen Figur schreit – in deren *rechtes* Ohr: Dodgson war taub … auf dem rechten Ohr. Am merkwürdigsten ist vielleicht seine Rolle als Herzbube (keine sehr subtile Verkleidung in Anbetracht seiner starken Gefühle für seine kindliche Freundin). Der Prozess des Buben basiert auf dem alten, erstmals 1792 aufgezeichneten Reim:

Alice Liddell, wahrscheinlich in ihren frühen 20er-Jahren auf einer *Carte de visite*-Fotografie. Vielleicht weil sie Unterricht von Ruskin erhalten hatte, war sie eine sehr versierte Künstlerin, insbesondere was Aquarell-Landschaften und humoristische Skizzen anbelangte.

Herzkönigin buk Torten
An einem schönen Sommertag:
Herzbube stahl die Torten
Weil er sie gar so gerne mag!

Das 19. Jh. war das Zeitalter des Sensationsromans: Bücher, die millionenfach verkauft wurden und gelegentlich in die Ränge der respektablen Literatur aufstiegen – wie Wilkie Collins' *The Woman in White* (1859–60, dt.: *Die Frau in Weiß*) und M. E. Braddons *Lady Audley's Secret* (1862, dt.: *Lady Audleys Geheimnis*). Ihre mit Anspielungen gespickte, verschachtelte Handlung wird in einigen Versen, die Dodgson zuerst 1855 geschrieben hatte, gründlich verspottet:

Man sagte mir, du warst bei ihr,
Gabst ihm von mir Bericht:
Sie sprach im ganzen gut von mir,
Nur schwimmen könnt' ich nicht.

Er schrieb an sie, ich sei noch dort
('Sist wahr, das wissen wir):
Trieb' sie die Sache weiter fort,
Was würde dann aus dir?[6]

Viele Biografen haben diese Zeilen nicht nur als Satire auf ein ganz besonders lächerliches Genre gelesen, sondern als einen verhüllten, ja leidenschaftlichen Protest gegen einige rufschädigende Gerüchte, die in Oxford bezüglich Dodgson und der Liddells herumschwirren mochten.

Es mag manchen Lesern so erscheinen, als würden wir jetzt gefährlich nahe an halbseidenen Spekulationen über Dodgsons Privatleben entlangsegeln, aber in *Hinter den Spiegeln* hätten seine Absichten nicht klarer formuliert werden können. Die eröffnenden und schließenden Strophen sind kaum die fröhlichen, leichtfüßigen Verse, die man erwarten könnte. Die erste ist ganz Traurigkeit und Nostalgie für die verlorene Welt von *Wunderland* und fängt folgendermaßen an:

Nicht das geringste Detail geht verloren: Das rechte Ohr ist das rechte Ohr – Dodgson war auf dem rechten Ohr taub. Goggelmoggel, wie er lauthals Nonsens von sich gibt: „Und laut und klar sprach ichs ihm vor / Ich ging und schrie es ihm ins Ohr."

Kind mit der klaren Stirne du,
Dem Aug, wo Träume weben!
Die Zeit enteilt uns ohne Ruh,
Uns trennt ein halbes Leben –
Gleichviel! Solang es dir gefällt,
Was ich mit Lieb' dir hier erzählt.[7]

Chiffren über Chiffren: Ist Goggelmoggel der Inbegriff des aufgeblasenen Akademikers oder der korpulente Eisenbahnkönig George Hudson, wie er im Begriff steht, in den Bankrott abzurutschen, oder aber eine weitere Verkleidung für Dodgsons Lied an die verlorene Liebe? Illustration aus *Hinter den Spiegeln*.

Und nach einem düsteren Blick auf Erwachsenendasein und Tod endet er mit dem unverblümten Einbezug von Alice Liddells zweitem Vornamen, Pleasance, in der letzten Zeile der letzten Strophe (engl.: „The pleasance of our fairy tale"):

Und wenn ein leiser Seufzer geht
Heimlich durch diese Seiten
Nach Sommerglück, schon lang verweht,
Und sel'gen Sommerszeiten,
Verscheuch ihn! Dass er nicht vergällt,
Was nun vergnüglich sei erzählt.[8]

Dies scheint nicht sehr viel mit Kindheit zu tun zu haben, dafür umso mehr mit Dodgsons Verlustgefühlen. Noch expliziter wird dies im Schlussgedicht von *Hinter den Spiegeln*, bei dem die Anfangsbuchstaben der Zeilen zusammen Alice Pleasance Liddell ergeben:

Ach, jenes Boot am Uferrain,
Leise und sanft glitt es dahin
Im goldnen Julisonnenschein –

Chor der drei! so nah geschmiegt,
Ernst euer Aug, gespannt das Ohr …

Und es enthält den unzweideutigen Vers:

Sie sucht mich oft auch jetzt noch heim,
Alice, die unterm Himmel geht,
Nie mehr gesehn, im Traum nur mein.[9]

Angesichts dieser wenig subtilen Erklärung scheint es naheliegend, sich Dodgsons Gastauftritte in *Hinter den Spiegeln* etwas detaillierter anzusehen. Es gibt deren drei – die melancholische Schnake, die sich selbst hinwegseufzt, Goggelmoggel und den Weißen Ritter. Es hätte einen vierten geben sollen, einen besonders kläglichen und ältlichen Wesperich mit Perücke, aber Tenniel, der, so möchte man annehmen, erriet, was Dodgson im Sinn hatte, zog hier die Linie – oder besser gesagt, weigerte sich, eine solche zu ziehen. Er schrieb an Dodgson (1. Juni 1870): „Ich muss sagen, dass mich die ‚Wespen'-Figur nicht im Geringsten interessiert … Ich weiß nicht, wie ich ein Bild zustandebringen sollte. Wenn Sie das Buch kürzen wollen … *hier* ist Ihre Gelegenheit."

Goggelmoggel, der pedantische Logiker, der bei all seinem prahlerischen Gehabe sehr feinfühlig ist und auf einer schmalen (emotionalen) Mauer ein prekäres Gleichgewicht hält, rezitiert ein Gedicht, das so beginnt:

Im Winter, wenn es draußen schneit,
Sing ich dies Lied, das dich erfreut –

Und es beinhaltet den Zweizeiler:

Im Sommer, wenn die Sonne scheint,
Wirst du verstehen, was es meint ...[10]

Das erscheint zunächst unschuldig genug, aber es handelt sich um die Parodie auf ein populäres Lied, mit dem Alice Liddell vertraut gewesen sein musste – Wathen Mark Wilks Calls „Summer Days“, das folgendermaßen anfängt:

Im Sommer mit seinen langen Tagen
Spazierten wir als Freunde durch Feld und Wald

Wesentlich bedeutungsschwerer endet es jedoch mit:

Im Sommer mit seinen langen Tagen
Da lieb' ich sie wie eh und je, da lieb' ich sie noch immer
Mein Herz so leicht, mein Schritt ist ohne Zagen,
Da Liebe lässt erstehen jener gold'nen Stunden Schimmer
Im Sommer mit seinen langen Tagen

Etwas dürftig? Mag sein – aber das gilt sicher nicht für eine der elegischsten Passagen der gesamten viktorianischen Literatur, die längste Szene in beiden „Alice“-Büchern. Alice, die kurz davor ist, im Schachspiel zur Königin zu werden, wird durch den Weißen Ritter vor dem Roten Ritter gerettet. Könnte dies Dodgson sein, wie er Abschied von Alice Liddell nimmt, als sie heranreift?

„Ein ruhmreicher Sieg, nicht wahr?“ sagte der Weiße Ritter, als er, noch immer keuchend, näher kam.

„Ich weiß nicht recht", sagte Alice unsicher. „Ich will gar niemandes Gefangene sein. Ich will eine Königin sein."
„Das wirst du ja auch, wenn du den nächsten Bach überquerst", sagte der Weiße Ritter. „Ich will dir nur noch bis zum Waldrand das Geleit geben, damit dir nichts zustößt – und dann muß ich umkehren. Weiter darf ich nämlich nicht ziehen."[11]

Der Weiße Ritter ist ein Mann, der exzentrische Dinge erfindet und Gedichte ersinnt, er ist ein großer Logiker und ein Sprachpedant, er hat struppiges Haar und ist ganz allgemein hilf- und hoffnungslos. Er hat auch Reitgewohnheiten, die selbst in vor-Freud'schen Tagen seltsam symbolisch erscheinen. Oft fällt er vom Pferd:

… und da ihm das im allgemeinen auf der Seite passierte, wo Alice ging, fand sie bald heraus, daß es am besten war, nicht allzudicht neben dem Pferd zu laufen.
„Es sieht so aus, als hättet Ihr nicht sehr viel Übung im Reiten", wagte sie schließlich zu sagen, als sie ihm nach dem fünften Sturz wieder aufhalf.
Der Ritter zeigte sich sehr überrascht und ein wenig beleidigt über diese Bemerkung. „Wie kommst du denn darauf?" fragte er, als er wieder in den Sattel kletterte, wobei er sich mit einer Hand in Alicens Haaren festhielt, um nicht auf der anderen Seite wieder herunterzufallen.
„Weil man nicht ganz so oft herunterfällt, wenn man viel Übung hat."
„Ich habe mehr als genug Übung", sagte der Ritter sehr ernsthaft. „Mehr als genug!" … [und] stürzte vornüber und schlug dumpf mit dem Kopf direkt vor Alicens Füßen auf.[12]

Er bietet an, ihr ein Lied vorzusingen (mit einer kurzen logischen Abschweifung dazu, wie der Name des Lieds *genannt wird*, was der Name des Lieds *ist* und was *das Lied ist*). Die Melodie ist, so behauptet der Ritter, seine eigene Erfindung.

So sprach er, brachte sein Pferd zum Stehen und hängte ihm die Zügel über den Hals; und dann, mit der einen Hand den Takt schlagend und mit einem zarten Lächeln auf seinem sanften, närrischen Gesicht, begann er mit dem Vortrag.

Viele Kritiker haben den Herzbuben als Alter Ego Dodgsons gesehen und seinen auf Gerüchten basierenden Prozess als einen Widerhall seines eigenen Lebens. Arthur Rackhams Vision (*Alice's Adventures in Wonderland*, 1907) ist in angemessener Weise kafkaesk.

Von allen Erlebnissen auf ihrer Reise hinter den Spiegeln ist Alice dieses am deutlichsten in Erinnerung geblieben. Noch Jahre später hat ihr dies Bild vor Augen gestanden, als habe sie es erst gestern gesehen – die sanften blauen Augen [Dodgson hatte blaue Augen] und das gütige Lächeln des Ritters – die untergehende Sonne, vor der sein Haar und seine Rüstung so hell aufleuchteten, daß sie davon ganz geblendet war – das Pferd, das ruhig mit seinen hängenden Zügeln umherging und ihr zu Füßen graste – die dunklen Waldesschatten im Hintergrund – all dies nahm sie in sich auf wie ein Gemälde, während sie, die Augen mit der Hand beschattend, vor dem seltsamen Paar an einem Baum lehnte und wie in einem Wachtraum der wehmütigen Melodie lauschte. „Aber die Melodie hat er doch nicht selbst erfunden“, sagte sie sich im stillen; „so geht ja ‚Wer nie sein Brot mit Tränen aß‘.“ Und obwohl sie sehr aufmerksam zuhörte, wollten ihr keine Tränen kommen.[13]

„I give you all – I can no more“ ist die erste Zeile eines Lieds von Thomas Moore, „My Heart and Lute“ (dt.: „Mein Herz und meine Laute“), einer beliebten Ballade, die eine höchst sentimentale Sichtweise von Liebe und Verlust zum Ausdruck bringt:

Ich geb' dir alles – wenn's als Gab'
Geschätzt wird auch gering;
Ein Herz und eine Laut' ich hab',
Und dies ist, was ich bring':
Der Laute Lied, so tief gefühlt,
Von Liebe sanft es klagt;
Das Herz, von Liebe aufgewühlt,
Mehr als die Laute sagt.

Wehr'n Liebe und Gesang auch nicht
Der Wolken dunklem Band,
Folgt rascher doch das Sonnenlicht,
Vergoldet ihren Rand.
Und wenn's der Sorge einst gefiel',
Es sänk' am Ende aller Mut –
Der Liebe sanftes Saitenspiel
Macht alles wieder gut![14]

(Im Übrigen stammte die Musik von Sir Henry Rowley Bishop, der Musikprofessor in Oxford gewesen war; er schrieb auch „There's No Place Like Home".)

Die Szene spiegelt die Vorliebe der Viktorianer für die ritterliche Seite der romantischen Liebe wider und die darin enthaltene Beobachtung über die Herzlosigkeit von Kindern wird durch die Wahl der Melodie betont – was der mittlerweile 19-jährigen Alice Liddell nicht entgangen sein dürfte.

> Während er diese letzten Zeilen sang, griff der Ritter wieder zu den Zügeln und drehte seinem Pferd den Kopf in die Richtung, aus der sie gekommen waren. „Nun sind es nur noch ein paar Schritte", sagte er, „den Hügel hinunter und dort über den Bach, und dann bist du Königin – aber zuerst bleibst du doch noch und siehst meinem Abgang zu?" setzte er hinzu, als Alice sich mit begierigen Augen zum Gehen wandte. „Ich brauche nicht lange. Willst du hier stehenbleiben und mir mit dem Taschentuch zuwinken, wenn ich dort um die Ecke biege? Ich glaube nämlich, das wird mich etwas zuversichtlicher machen." „Aber freilich will ich warten", sagte Alice, „und vielen Dank, daß Ihr mich so weit begleitet habt – und für das Lied – es hat mir sehr gut gefallen."
> „Dann ist es recht", sagte der Ritter etwas zweifelnd, „aber du hast weniger dabei geweint, als ich dachte."[15]

Viele Jahre später schenkte Dodgson einer kindlichen Freundin, Olive Butler, ein selbstgemachtes Spiel mit der Widmung „Vom Weißen Ritter, 21. Nov. 1892".

Eine letzte, seltsame und vielleicht unberechtigte Verbindung wollen wir hier festhalten. Es wurde oft darauf hingewiesen, dass Tenniels Illustration des Weißen Ritters an John Millais' Gemälde „Ein Traum aus der Vergangenheit – Sir Isumbras in der Furt" (1857) erinnert. 1865 hatte Dodgson Millais und seine Frau Effie porträtiert, die zuvor mit John Ruskin verheiratet gewesen war. Ruskins einzige Geschichte für Kinder, *The King of the Golden River – or the Black Brothers, a Legend of Stiria* (dt.: *Der König des Goldstroms*), publiziert (anonym) im Jahr 1851, hat den Ruf, die erste fantastische Geschichte zu sein, die für ein bestimmtes Kind geschrieben wurde. Sie wurde, wie Ruskin sagte, 1841 „auf Verlangen einer sehr jungen Dame und einzig und allein zu ihrem Vergnügen, ohne jedes Ansinnen einer Veröffentlichung" geschrieben. Das Kind war Effie Gray, die zwölf war – und Ruskin heiratete sie neun Jahre später. Die Ehe war eine kurzlebige Katastrophe, vielleicht weil Ruskin, wie

mehrere Historiker (und mehrere verleumderische Zeitgenossen) nahegelegt haben, die reale und die ideale Frau nicht in Übereinstimmung bringen konnte. Sollte Dodgson jemals erwogen haben, eine seiner kindlichen Freundinnen zu heiraten, so mag dies eine Lektion darin gewesen sein, vorsichtig mit seinen Wünschen zu sein.

Man hat behauptet, dass echter Nonsens das Persönliche meiden muss: Sobald aufrichtige Gefühle ins Spiel kommen, ist der Bann gebrochen. Für manche Leser ist es das, was mit Dodgson geschehen ist, und übrig bleibt, insbesondere in *Hinter den Spiegeln*, eine auf Erwachsene ausgerichtete Erzählung, die in etwas, was vorgibt, ein Kinderbuch zu sein, fehl am Platz scheint. Doch gerade weil es so wenig wirklichen Nonsens in den Büchern gibt – fast jeder Satz und jede Handlung hat, wie wir gesehen haben, einen ganz und gar vernünftigen Kern –, gelingt Dodgson die Quadratur des Kreises. Seine störrische fiktionale

Alice' durch und durch komische Begegnung mit dem Weißen Ritter ist recht gut als eine wehmütige Satire auf Millais' „Sir Isumbras in der Furt" (1857) vorstellbar. Das Bild, wie Sir Isumbras auf einem schwarzen Pferd die Kinder über den Fluss bringt, strahlt Geborgenheit aus. (Ruskin beschrieb es wenig überraschend als eine „Katastrophe".) Alice muss sich selbst den Weg über den letzten Bach bahnen.

Alice, die das Banner der unabhängigen Kindheit durch eine Welt trägt, die von verrückten Erwachsenen bewohnt ist, die ihre eigenen Regeln und Emotionen kaum verstehen, ist für Kinder wie Erwachsene gleichermaßen faszinierend.

6

VON OXFORD HINAUS IN DIE WEITE WELT

Wenn der achtlose Autor … sein Buch beschließt und es dabei versäumt, nicht nur seine Hauptfiguren zu verheiraten, zu Tode kommen zu lassen oder sie anderweitig loszuwerden, sondern alle, die eine auch nur etwas bedeutendere Rolle bei der Entfaltung des Dramas gespielt haben denn als Dochtschere, so lässt er im Geiste seiner Leser ein unbefriedigtes Bedürfnis entstehen … und sie werden ihm das unweigerlich nachtragen.
– Robert Bage, *Hermsprong, or Man as He Is Not* (1796)

Die Veröffentlichung von *Hinter den Spiegeln* markiert (beinahe) das Ende des Entstehungsprozesses der „Alice"-Bücher, ist aber erst der Anfang der Entstehung eines weltweiten Klassikers. Aber bevor wir die seltsame Reise all der „Alice"-Bücher nachvollziehen, lohnt es sich, sich anzusehen, was aus den Handelnden, denen wir bislang begegnet sind, „nach Alice" geworden ist.

Christ Church, an und für sich schon nicht zu verachten, behält sein akademisches und soziales Ansehen, auch wenn es eine interessante Frage wäre, was der beeindruckende Dekan Liddell heute davon halten würde – ist es nun doch fast ebenso berühmt als Vorbild für die Große Halle von Hogwarts in *Harry Potter*, dem Buch einer weiteren großen Schriftstellerin der fantastischen Literatur. (Ebenso fragt sich, wie er die Predigt aufgenommen hätte, die sein Nachfolger zu Ehren von ihm und Dodgson, der vier Tage vor ihm starb, hielt.) Die von Charles Dodgsons bewohnte geräumige Suite beherbergt jetzt den Graduate Common Room.

In dem Boot auf der Isis an jenem besagten Tag befand sich abgesehen von Dodgson und Alice „the Duck". Keine gewöhnliche Ente, wie sich herausstellen sollte. Denn Robinson Duckworth wurde Fellow des Trinity College, Oxford; von 1866 bis 1870 war er Erzieher von Prinz Leopold, dem jüngsten Sohn von Queen

Victoria, und durchlief eine wahrhaft „royale“ Karriere als Chaplain-in-Ordinary von Queen Victoria (Ernennung 1870). Später besuchte er Balmoral und stand ab 1910 in derselben Funktion in den Diensten von Edward VII. Ein weiterer Zufall wollte es, dass er die Beerdigungsfeierlichkeiten für Charles Darwin leitete. Er starb im Jahr 1911 und wurde in Westminster Abbey beigesetzt.

Dann waren da die Liddell-Schwestern. Lorina, die Älteste, heiratete, nicht königlich, wie ihre Eltern gehofft haben mochten, aber respektabel einen Fellow von All Souls, W.B. Skene of Hallyards and Pitlour, Fife, und lebte bis zu ihrem Tod im Jahre 1930 in Schottland. Edith – Tillie, das Ädlerchen – starb im Alter von 22 Jahren an Peritonitis; Prinz Leopold war Sargträger bei ihrer Beerdigung und es gibt ein ihr gewidmetes Gedenkfenster von Burne-Jones in Christ Church.

Alice, die Dodgson beschrieb als „eine, die über so viele Jahre meine ideale kindliche Freundin war“, war eine talentierte Malerin und schnitzte (eine weitere verschlungene Verbindung) ein Holzportal an der St. Frideswide's Church, Osney. Sie wurde zuletzt 1870 von Dodgson fotografiert; manche Biografen haben allerlei emotionale Dinge aus ihrem schwermütigen, um nicht zu sagen verdrossenen Gesichtsausdruck abzuleiten versucht, aber dieser war, schlicht und ergreifend, modisch. Es gab Gerüchte über eine mögliche Liaison mit Prinz Leopold – sie waren sicher befreundet und es gibt eine Geschichte, wonach sie ihm während einer unbegleiteten Reise nach Iffley versehentlich ein blaues Auge verpasst haben soll. Aber es wurde nichts daraus und 1880 heiratete sie in Westminster Abbey ein weiteres Mitglied von Christ Church, Reginald Hargreaves (der für Hampshire Kricket spielte) – auch wenn sie an ihrem Hochzeitskleid eine Brosche, die ihr von Leopold verehrt worden war, trug.

Es spricht dafür, wie machtvoll die „Alice“-Legende ist, dass über Mrs. Hargreaves zwei ausführliche Biografien geschrieben wurden, obwohl sie nur drei Mal auf der literarischen Bühne erschien. 1885 überredete Dodgson (der immer ein gerissener Vermarkter seiner Werke war) sie sehr respektvoll, der Publikation einer Faksimile-Ausgabe von *Under Ground* zuzustimmen. In späteren Lebensjahren, als sie ihren Ehemann und zwei ihrer drei Söhne verloren hatte (der dritte wurde Caryl genannt, auch wenn sie jegliche Verbindung der Namenswahl mit Carroll verleugnete), verkaufte sie die Handschrift für den damaligen Rekord-Auktionspreis von 15 000 £. (Sie wurde später von einer Gruppe

Im Juni 1868 übernahm Dodgson „die vielleicht größte Suite innerhalb eines Oxforder College", zehn Zimmer in der nord-westlichen Ecke des Tom Quad im College von Christ Church. Dort wohnte er, wenn er in Oxford war, bis zu seinem Lebensende. Er beauftragte den berühmtesten Keramikkünstler der Arts-and-Crafts-Bewegung, William De Morgan, mit dem Entwurf für die Fliesen um den Kamin, die exotische Tiere zeigen.

US-amerikanischer Sammler aufgekauft und nach England zurückverbracht.) Dann, 1932, reiste Mrs. Hargreaves für die an der Columbia University stattfindende 100-Jahr-Feier von Dodgsons Geburt in die USA und wurde von der amerikanischen Presse und Öffentlichkeit gefeiert.

Und ihr Ruhm lebte weiter. Sie war Gegenstand eines Films, Dennis Potters *Dreamchild* (1985) mit Ian Holm und Coral Browne, und von John Logans Stück *Peter and Alice* (2013, Noel Coward Theatre, London), das von einer imaginären Begegnung zwischen ihr und der Inspirationsquelle für Peter Pan, John Llewelyn Davies, handelt (gespielt werden sie von Judi Dench und Ben Whishaw).

Ein weiteres regelmäßiges Mitglied der Bootsausflüge war Mary Prickett, die Gouvernante der Liddell-Mädchen bis 1871, die eine bemerkenswerte Karriere

Die königliche Ente: Robinson Duckworth DD CVO VD im Jahr 1889, kurz vor seiner Ernennung zum Chaplain-in-Ordinary von Queen Victoria.

in einem anderen Bereich machte. Sie heiratete einen erfolgreichen Weinhändler, Charles Foster, und wurde Hauswirtin von The Mitre, einer Oxforder Poststationsherberge – vielleicht *der* Oxforder Herberge schlechthin – auf der High Street. Als sie, hochgeschätzt, 1920 starb, stellte sich heraus, dass ihre Räumlichkeiten voller Fotografien der Liddell-Kinder waren. Die anderen Mitglieder der Liddell-Familie sind aus dem öffentlichen (literarischen) Blickfeld verschwunden, auch wenn die jüngeren zu einigen Ehren kamen. Die zwei „Blumen", Rhoda (1859–1949) und Violet (1864–1927), wurden Officer des Order of the British Empire (OBE) bzw. Member des Order of the British Empire (MBE); von den Jungen, die in den Büchern nicht erschienen, wurde Frederick

(1865–1950) in den Ritterstand erhoben und Lionel (1868–1942) brachte es zum Britischen Konsul.

Unter den Nebendarstellern gab es ein paar Starauftritte. Die funkelnde Fledermaus, Bartholomew Price, wurde Master des Pembroke College, nahm eine führende Rolle bei der Clarendon Press ein und war bis kurz vor seinem Tod im Dezember 1898 Professor für Naturphilosophie. Vielleicht ebenso spektakulär war die Karriere der großen Distel, Sir William Turner Thiselton-Dyer, der seine berufliche Laufbahn als Direktor der Royal Botanic Gardens in Kew beschloss. In späteren Lebensjahren wurde er ein Freund von Charles Darwin, der einer derjenigen war, die ihn bei seiner Wahl zum Fellow der Royal Society vorschlugen. Und er heiratete Thomas Huxleys Tochter Harriet.

John Ruskin, der „Mahl-Lehrer", setzte sein Leben als hoch angesehene Persönlichkeit des viktorianischen Zeitalters fort: 1869 wurde er zum Slade-Professor für Schöne Künste ernannt. Er war ein prominenter Darwin-Gegner und, als sie beide schon älter waren, ein Freund von Dekan Liddell.

Sogar die Haselmaus war wach genug, um zu der Geschichte beizutragen: Reverend Prout ließ als Rektor von Binsey die Heilquelle von St. Margaret restaurieren – zweifelsohne in Reaktion auf das neue Interesse daran von Seiten der Leserschaft des „aberwitzigen Fünf-Uhr-Tees".

Aus John Tenniel wurde Sir John Tenniel und ein vielbeschäftigter und überaus geschätzter Künstler, so beschäftigt, dass das einzige Projekt, an dem er mit Dodgson in späteren Jahren zusammenarbeitete, wie wir noch sehen werden, *Die kleine Alice* war. (Es wurde gemunkelt, dass er die Zusammenarbeit mit Dodgson so schwierig fand, dass er sich einem weiteren gemeinsamen Buch nicht gewachsen fühlte.) Auch sandte er zehn Jahre lang jedes Jahr zum Valentinstag eine Aufmerksamkeit an Elspeth Thompson – die künftige Mrs. Kenneth Grahame.

Und Charles Dodgson?

Was mit Dodgson geschah, ist Thema von mindestens 15 Biografien allein in englischer Sprache und die Antwort ist: mehr vom selben, aber ohne Alice. Er blieb in Christ Church und erwarb sich einen guten Ruf als Amateurfotograf: Das Studio, das er 1872 auf dem Dach von Christ Church eingerichtet hatte, wurde von gekrönten Häuptern und vielen Berühmtheiten frequentiert. Er war weiterhin ein eifriger Theaterbesucher (und -kritiker) und ein Freund von Ellen

Blick vom Dekanatsgarten, Christ Church, von William Turner of Oxford (1789–1862).

Terry, der seinerzeit berühmtesten Schauspielerin. Er hatte viele weitere „kindliche Freundinnen", gab es aber 1880 auf, sie – oder jemanden sonst – zu fotografieren, teilweise wegen unziemlicher Gerüchte.

Nachdem sein Vater 1868 gestorben war, nahm er seine Verpflichtungen als Oberhaupt der Familie sehr ernst und stockte das Erbe auf, das sein Vater seinen unverheirateten Schwestern hinterlassen hatte. Seine Kontoauszüge zeigen, dass er sehr großzügig war, vor allem gegenüber einer seiner unverheirateten Schwestern, Mary Collingwood, und seinen Cousinen, den Wilcoxes. Die Belege zeigen auch einige Merkwürdigkeiten – einmal zahlte er sechs Monate lang ein Fünftel seines Einkommens an einen geheimnisvollen Mr. Foster, ohne dass es dafür eine Erklärung geben würde (sein Tagebuch für das betreffende Jahr ist verschwunden). Er verbrachte viel Zeit damit, sich um seine Familie in Guildford zu kümmern (und einen kranken Neffen zu pflegen), und verbrachte jeden Sommer in Unterkünften in Eastbourne.

In einer weiteren Anwandlung von Großzügigkeit half er seiner Cousine Elizabeth Georgina Wilcox dabei, *The Lost Plum-Cake* zu publizieren, und überzeugte Macmillan, das Buch *Bumblebee Bongo's Budget* seines Freunds William

Als Alice' Mutter im Jahr 1910 starb, publizierte das *Oxford Journal Illustrated* ein Familienfoto mit Mrs. Liddell in der Mitte der vorderen Reihe. Ina befindet sich in derselben Reihe außen rechts, Alice in der hinteren ganz links. Die zwei jüngeren Schwestern, Violet und Rhoda, sind die Dritte und Zweite von rechts in der hinteren Reihe. 1920 wurde Violet zum MBE ernannt und Rhoda zum OBE.

Synge zu veröffentlichen. Dodgson war einige Zeit lang „Kurator" des Senior Common Room in Christ Church und somit verantwortlich dafür, beträchtliche Mengen an Wein und anderen Vorräten einzukaufen – ein Posten, der eine Unmenge an Korrespondenzen verursachte (und eine Sintflut kleiner Zänkereien). Bei einer Gelegenheit retournierte er 1889 eine Box „Portugal-Früchte" (eine Zitrusart) an einen Weinhändler mit der Notiz: „[Mr. Dodgson] war eigentlich davon ausgegangen, es sei kaum vonnöten, eigens darauf hinzuweisen, dass der Kurator, dessen Aufgabe es ist, sich nach Kräften zu bemühen, die *besten* Lebensmittel für den Common Room zu beschaffen, unmöglich *Geschenke* von jemandem unter den fraglichen Händlern annehmen kann." Er steuerte satirische Pamphlete zu zahlreichen Oxforder Disputen bei, insbesondere über den *New Belfry of Christ Church* (1872) – und zu Angelegenheiten von nationaler Bedeutung. Er schrieb einen Artikel für die *St. James's Gazette* (22. Juli 1885), in dem er höchst kritisch mit dem Herausgeber der *Pall Mall Gazette*, W.T. Stead, umging, und zwar nicht wegen dessen Kampagne gegen Kinderprostitution, sondern wegen der sensationslüsternen Art, wie Stead darüber berichtete.

"—— you know you say things are 'much of a muchness'; did you ever see such a thing as a drawing of a muchness?"

ALICE IN WONDERLAND.

ALICE AND THE DORMOUSE.

Dodgson investierte in Eisenbahnen und Dampfschiffe und von 1882 an trug er systematisch zu über 30 Wohltätigkeitseinrichtungen bei. „Seine Hauptsorge galt den Kranken, Schutzlosen und Verletzlichen“ und zu den von ihm geförderten Institutionen gehörten die Homes of Hope „für gefallene und alleinstehende junge Frauen“, die Metropolitan Association for Befriending Young Servants und die Society for the Suppression of Vice.[1]

1876 kam *The Hunting of the Snark* (dt.: *Die Jagd auf den Schnatz*) heraus, das als Meisterwerk des Nonsens gilt, aber von da an scheint sich Dodgsons Einstellung zum Schreiben für Kinder geändert zu haben. Er produzierte 1886 ein Faksimile von *Under Ground* und führte seine ausgedehnte Publikationstätigkeit in der Mathematik fort, nicht nur als professioneller Mathematiker, sondern von 1880 an auch in Form einer Reihe von Rätseln oder „Knoten“ unter dem Titel „A Tangled Tale“ für Charlotte Yonge's *The Monthly Packet*. „Die Absicht des Verfassers“, schrieb er, „bestand darin, in jedem Knoten (ähnlich der Medizin, die so geschickt und doch wirkungslos in der Marmelade unserer frühen Kindheit versteckt wurde) ein oder zwei mathematische Fragen unterzubringen …“

Diese Hinwendung zum Modus des Didaktischen, der in den „Alice“-Büchern auffallend gefehlt hatte, wurde in den zwei Bänden seiner langen und höchst exzentrischen Romane *Sylvie and Bruno* (1889) und *Sylvie and Bruno Concluded* (1893), auf Deutsch, beide Bände umfassend, erschienen als *Sylvie und Bruno. Eine Geschichte*, bewusst wiederholt. Auch wenn immer einmal wieder der alte Stil aufblitzt, erinnern die Bücher an den exzentrischen – nicht auf Kinder fokussierten – Modus der *Wasserkinder*, und sie waren nicht erfolgreich.

Derselbe Prozess scheint bei Dodgsons letzter Rückkehr zu den „Alice“-Büchern mit *Die kleine Alice* am Werk gewesen zu sein. Der Tonfall wird bereits im „Vorwort für die Mütter“ vorgegeben:

> „Aber *jetzt* ist es mein Ehrgeiz, von Kindern gelesen zu werden, die zwischen null und fünf Jahre alt sind. Gelesen zu werden? Nicht unbedingt! Ich sollte wohl lieber sagen: geblättert zu werden, liebkost zu werden, mit Eselsohren versehen,

Am 23. Dezember 1886 fand die Premiere von *Alice in Wonderland, a Musical Dream Play, in Two Acts, for Children and Others* am Prince of Wales Theatre in London statt. Das Stück wurde produziert von Henry Savile Clarke in enger Zusammenarbeit mit Dodgson; Phoebe Carlo spielte Alice und Dorothy d'Alcourt die Haselmaus. „Insgesamt“, so befand Dodgson, „scheint das Stück ein Erfolg zu sein.“

> zerknittert, geküsst zu werden von unseren Lieblingen mit Grübchen und Speckfalten, die, des Lesens und Sätzebildens noch unkundig, Ihr Kinderzimmer mit glücklichem Lärm … erfüllen."[2]

Der Schluss des Buchs bietet ein gutes Beispiel für seinen Stil insgesamt:

> Ich glaube, du wirst niemals erraten, was danach geschah. Danach erwachte Alice aus ihrem sonderbaren Traum … Wäre es nicht hübsch, wenn du auch mal einen so sonderbaren Traum hättest, genau wie Alice?
>
> Am besten machst du es so: Erstmal legst du dich unter einen Baum und wartest, bis ein weißes Kaninchen vorbeigerannt kommt, das eine Uhr in der Hand hält, dann schließt du die Augen und tust so, als ob du die kleine Alice wärest. Adieu, liebe Alice, adieu![3]

Aber der alte Dodgson ist noch immer unter uns: Das Buch enthält 20 Illustrationen von Tenniel (manche davon neu gezeichnet) und eine neue Cover-Illustration von E. Gertrude Thomson, was dann natürlich 21 macht – die Hälfte der mystischen Zahl in seinen anderen Büchern.

Er starb am 14. Januar 1898 im Haus seiner Schwester, während er am zweiten Band seines Werks *Symbolic Logic* arbeitete.

Wunderland verkaufte sich von Anfang an sehr gut – bis zum Jahr 1867 waren schon 10 000 Exemplare im Druck; die erste Auflage von *Hinter den Spiegeln* lag bei 9 000 Exemplaren und bis Januar 1872 waren 15 000 verkauft worden. Bis zu dem Zeitpunkt, als Dodgson Alice Liddell fragte, ob er ein Faksimile herausbringen dürfe, war *Wunderland* 120 000 Mal verkauft worden. 1886 folgte Henry Savile Clarkes Bühnenversion, und als Dodgson starb, hatte *Wunderland* 150 000 Exemplare erreicht und *Hinter den Spiegeln* 100 000. Jedoch sollte man bedenken, dass dies nicht so außergewöhnlich war: Hesba Strettons *Jessica's First Prayer* (1867), eine typische evangelikale „waif novel", war bis zum Ende des Jahrhunderts 1 500 000 Mal verkauft worden.[4] Auf einem anderen literarischen Gebiet setzte G.A. Henty von seinen mit dem Aufbau des Empire verwobenen Abenteuergeschichten 150 000 Exemplare *jährlich* ab.[5]

Das ist nicht so ganz die revolutionäre Veränderung in der Kinderliteratur, die manchmal für die „Alice"-Bücher in Anspruch genommen wird, aber fraglos hatten sie einen Einfluss. Caroline Sigler merkt an, dass zwischen 1860 und chini, na mikono imetokeza pembeni kwa juu.)

Kisha katika mfuatano wakapita Mawakili

kumi, wamepambwa kwa alama ya Huru Karata, wakaenda wawili wawili kiaskari, halafu wakaja watoto wa Mfalme Mzunguwanne ku-

„Ülkiger und ülkiger": Eine von Hunderten idiosynkratischer Übersetzungen, als sich die „Alice"-Bücher in der ganzen Welt verbreiteten – „Alice" auf Swahili im Jahr 1940. Das Seerosenhaus im Hintergrund von Tenniels Originalzeichnung ist verschwunden!

1920 mehr als 200 von „Alice“ inspirierte Bücher publiziert wurden; tatsächlich schlägt Dodgson in einem Tagebucheintrag aus dem Jahr 1891 vor, eine Sammlung von „Büchern vom Typus der *Alice*“ anzulegen.[6] Im Jahr 1889, im „Vorwort“ zu *Sylvie und Bruno*, reflektiert er darüber:

> Ich weiß nicht, ob „Alice im Wunderland“ eine originelle Geschichte war – ich sah mich jedenfalls nicht in der Rolle des bewußten Nachahmers, als ich sie schrieb –, aber ich weiß, daß seit ihrer Veröffentlichung wohl gut ein Dutzend Erzählungen nach genau demselben Strickmuster erschienen sind. Der Pfad, den ich zaghaft erkundete – wobei ich mich für „den ersten, der je sich stürzte in dies stille Meer“ hielt –, ist jetzt eine vielbegangene Hauptstraße; alle Blumen am Wegrand sind längst in den Staub getreten …[7]

Manches jedoch, was „Alice“ nachempfunden war, insbesondere Christina Rossettis *Speaking Likenesses* (1874, dt. etwa: *Sprechende Abbilder*), lässt sich plausibel als feministische Entgegnung auf die männlich zentrierte Ideologie auffassen, die in die „Alice“-Büchern eingebettet ist.[8] Wenn überhaupt, dann haben nur wenige dieser Nachahmungen bis zum heutigen Tag überlebt – vielleicht, weil die meisten von ihnen eher die witzige *Manier* denn die komplexe und subversive *Materie* der Bücher imitiert haben.

Nichtsdestotrotz waren die „Alice“-Bücher Teil einer Welle von Veröffentlichungen fantastischer Literatur für Kinder, insbesondere solcher, die andere Welten inkludiert, die bis zum heutigen Tag nicht abgeflaut ist: Darüber, ob sie die Welle *verursacht* haben oder nicht, lässt sich streiten.

Die ersten Übersetzungen, *Alice's Abenteuer im Wunderland* und *Aventures d'Alice au pays des merveilles* wurden 1869 publiziert und seither wurde das Buch, obwohl es so durch und durch englisch ist, weltweit zum Klassiker. 2016 erschien die „abschließende“ Untersuchung *Alice in a World of Wonderlands: The Translations of Lewis Carroll's Masterpiece* mit einem Überblick über 7609 Ausgaben von *Wunderland* in 174 Sprachen und 1530 Ausgaben von *Hinter den Spiegeln* in 65 Sprachen und Dialekten, von Afrikaans bis Zulu über Cebuano, Ewondo, Ladino, Manlam Ngy, Papiamento und Uigurisch – dazu noch Cockney, Braille und Steno. Sie beinhaltet auch über 100 Rückübersetzungen des aberwitzigen Fünf-Uhr-Tees: So kommt etwa in der Übersetzung ins Altenglische

Die funkelnde Fledermaus in der Clarendon Press: Professor Bartholomew Price auf einem Porträt in Shrimptons „Oxforder Karikaturen“ als „Infinitesimalrechner“, ca. 1875.

(Angelsächsische) mit dem Titel *The Brave Deeds of Æthelgyth in Wonderland* ein am Himmel funkelnder „Bierkrug“ (ale cup) vor.

Und weil die „Alice“-Bücher Allgemeingut geworden sind, wurden sie für jeden nur erdenklichen politischen, satirischen und philosophischen Zweck adaptiert. So produzierte etwa Hector Hugh Munro (Pseudonym: Saki) in der *Westminster Gazette* „The Westminster Alice“ (1900–02), einen umfassenden Angriff auf beide Parteien im Burenkrieg. Seither haben wir *Adolf in Blunderland, Alice in Holidayland, Alice in Beeland, Alice's Adventures in Cambridge* (vom *Harvard*

Hubert von Herkomer folgte John Ruskin bei der Slade-Professur der Schönen Künste in Oxford nach und malte dieses posthume Porträt von Dodgson im Jahr 1899.

Lampoon), *Alice's Bad Hair Day, Dyslexic Wonderland, Alice … in one syllable, Alice for the iPad …* und ein pornografisches Musical gesehen.

Walt Disney hatte bereits früh in seiner Karriere mit „Alice" kokettiert, angefangen mit dem zwölfminütigen *Alice's Wonderland* aus dem Jahr 1923, in dem Alice ein Filmstudio besucht und sich Trickfilme ansieht. Dem folgte eine Serie von etwa 60 „Laugh-O-Gram Alice"-Kurzfilmen. Der Zeichentrickfilm in Spielfilmlänge *Alice in Wonderland*, „eine Adaption von Lewis Carroll's The Adventures of Alice in Wonderland", wie es in der Titelsequenz heißt, erschienen 1951, war einer der vier Filme, die fast den Bankrott der Firma nach sich gezogen hätten (die anderen waren *Fantasia*, *Pinocchio* und *Bambi*). Er verursachte Verluste in Höhe von rund einer Million Dollar. Obwohl er allgemein unter allen Disney-Filmen als einer der erfinderischsten gilt – die Regisseure jeder Sequenz haben versucht, einander zu übertreffen – und die meisten Lieder aufzuweisen hat, scheint gerade seine „Englishness" seine Anziehungskraft eingeschränkt zu haben.

So weit, so gut (bzw. erfolgreich oder auch nicht). Die Bücher waren von solchen, wie sie Kindern heiß und innig lieben, zum Allgemeingut geworden, und sie haben zu einer fast beispiellosen Menge an Biografien sowie wissenschaftlichen Büchern und Artikeln Anlass gegeben. Wir können uns über die Gesundheit von Dodgson informieren, seine Bankkonten einsehen, seine Tagebücher und Briefe lesen. Und Romanschriftsteller haben eingestimmt und sich in Auslassungen über sein Leben ergangen, von Donald Thomas' *Belladonna: A Lewis Carroll Nightmare* (1983), in dem Dodgson erpresst wird, bis hin zu Katie Roiphes *Still She Haunts Me* (2001, dt.: *Rätselhafte Alice. Die Geschichte von Lewis Carroll und der kleinen Alice*), worin einige weiße Flecken seiner Biografie gefüllt werden. Vielleicht sogar noch ehrgeiziger ist Richard Wallace's *Jack the Ripper: „Light Hearted Friend"* (1996), der nahelegt, dass Dodgson ganz oben auf der Liste der Verdächtigen stehen sollte.

Wir sind weit entfernt von der idyllischen Szene auf der Isis: An die Stelle der Vorstellung von Unschuld und schlichten Vergnügungen sind Verdächtigungen und Misstrauen getreten. Es ist nicht ganz ungewöhnlich, dass die erste Assoziation, die sich bei vielen Menschen einstellt, wenn das Thema der „Alice"-Bücher aufkommt, eine mit zweifelhaften Aspekten von Dodgsons Charakter ist. Dieses Phänomen lässt sich – vielleicht nicht ganz unpassender Weise – auf einen Scherz zurückführen.

1933 schrieb ein Student in Oxford, Tony Goldschmidt, eine Satire auf die Auswüchse der modischen Freud'schen Analyse in *The New Oxford Outlook*: „*Alice in Wonderland* Psycho-Analysed". „Alice" stellte sich als leichtes Ziel heraus – unterirdische Tunnel, Größenwechsel, Teiche. Goldschmidt beutet dies genüsslich aus und schließt mit der fröhlichen Meinung, dass Dodgson „den wahren Grund seiner Neurose entdeckt und ein zufriedeneres Leben geführt" hätte, wenn er sich denn „einer Psychoanalyse unterzogen" hätte.[9] Alles sehr spaßig und vielleicht nicht einmal ohne wahren Kern, aber es war nur allzu verlockend für manche Kritiker. Von da an stand Dodgsons Leben im Mittelpunkt: Seine Fotografien von jungen Mädchen, die geheimnisvollen fehlenden Teile seines Tagebuchs – mehrere Bände sind verschwunden und andere wurden buchstäblich zerschnitten – all dies beschwor einen richtiggehenden Sturm an Spekulationen herauf.[10] War das Fotografieren nackter junger Mädchen im viktorianischen England eine vollkommen normale Kunstform oder war Dodgson ein Pädophiler, ob nun verkappt oder auch nicht? In Biografien wurde über Charles Dodgson zu Gericht gesessen: Seine Darstellung des Prozesses, der dem Herzbuben gemacht wird, erweist sich als bemerkenswert vorausschauend. Und doch stellt sich die Frage – wie beim Leben eines jeden Autors –, ob dieses Material relevant oder auch nur interessant ist.

Ähnlich und in einer Wendung, die Dodgson wohl eher amüsiert hätte, wurde die Suche nach verhüllten Bezügen, nach Quellen und nach dem Schlüssel zu Dodgsons spielerischen Andeutungen (wie in diesem Buch) durch einen Aufsatz losgetreten, bei dem es sich gut selbst um einen Scherz hätte handeln können. Im selben Jahr wie Goldschmidt meldete sich auch Shane Leslie (Winston Churchills Cousin) an der Universität Göttingen mit einem Artikel unter dem Titel „Lewis Carroll and the Oxford Movement“ zu Wort. „Es ist kein Sakrileg, nahezulegen“, schrieb er, „dass *Alice in Wonderland* eine geheime Geschichte der Oxfordbewegung enthalten könnte.“[11] Um dies zu belegen, interpretiert Leslie den Zusammenstoß zwischen dem Roten und dem Weißen Ritter als Dodgsons Parodie der Zusammenkunft der British Association von 1866:

> Alice … lässt sich als der arglose Student im ersten Jahr oder jeder Beliebige auffassen, der wie ein anrührender und unschuldiger Studienanfänger das Wunderland eines viktorianischen Oxford betritt zu einer Zeit, als jeder auf die ein oder andere Weise religiös war … Der Weiße Ritter repräsentiert die Viktorianische Wissenschaft oder Huxley in seiner überheblichsten und

Es überrascht kaum, dass Dodgson die ersten 10000 Exemplare von *The Nursery „Alice“* 1889 ablehnte, weil sie „viel zu bunt und fröhlich“ waren. Auch zwei weitere Probedrucke lehnte er ab, bevor er die Ausgabe schließlich guthieß. Emily Gertrude Thomson, die Künstlerin, die den Umschlag gestaltete, war eine Freundin von Dodgson und hatte William Allinghams Gedicht „The Faeries“ illustriert; ihr Stil passte zum sehr speziellen Ton dieser Version von „Alice“.

THE NURSERY
"ALICE"
E. G. Thomson

> produktivsten Stimmung. Der Rote Ritter steht für seinen alten Feind Bischof Wilberforce, und sie kommen beide gemeinsam auf ein und demselben Feld an und versuchen beide, Alice einzufangen.[12]

Nun, möglich ist dies.

Und Dodgson hätte sich wohl über den Kommentar des amerikanischen Präsidenten Calvin Coolidge amüsiert, der, als er erfuhr, dass die Erstausgabe zunächst nicht erscheinen konnte, ausrief: „Ich wusste gar nicht, dass es in *Alice* etwas Anzügliches gibt!“[13]

Die „Alice“-Bücher sind Doppelwesen: Sie sind Teil einer privaten Konversation und sie gehören der Welt; sie sind dem Geist eines exzentrischen viktorianischen Gelehrten in Oxford entsprungen und doch von Belang für die weite Welt des 21. Jhs. Sind sie liberal oder konservativ, lustig oder düster, entzückend oder verzweifelt? Wenn wir uns den Entstehungsprozess der Bücher ansehen, können wir, einmal den Kaninchenbau hinuntergerutscht, nur Gängen folgen, Türen öffnen, Kaninchen nachjagen: mit einem Wort, uns an Charles Dodgsons Spielen beteiligen. Inwieweit uns gefällt, was wir finden, und ob wir finden, was uns gefällt, ob es das Sonnenlicht auf dem Fluss ist oder eher düstere Unterströme, könnte ganz bei uns liegen.

ANMERKUNGEN

Bei den untenstehenden Querverweisen bezieht sich *Under Ground* auf *Alice's Adventures Under Ground*, *Wunderland* auf *Alice's Abenteuer im Wunderland* und *Hinter den Spiegeln* auf *Alice hinter den Spiegeln* – zu den verschiedenen Editionen siehe die Sektion *Weiterführende Literatur*. *Wunderland* und *Hinter den Spiegeln* werden, sofern nicht anders vermerkt, in der Übersetzung von Christian Enzensberger (Insel-Taschenbücher 42 und 97) zitiert.

Vorwort

1 Martin Gardner (Hrsg.), *The Annotated Snark*, Penguin, Harmondsworth, 1974, S. 22.
2 Humphrey Carpenter, *Secret Gardens*, Unwin, London, 1987, S. 37.
3 F. J. Harvey Darton, *Children's Books in England*, Cambridge University Press, Cambridge, ^{3}1982, S. 260.
4 Derek Hudson, *Lewis Carroll. An Illustrated Biography*, Constable, London, 1954, S. 73.
5 Martin Gardner (Hrsg.), *Alles über Alice*, Europa Verlag, Hamburg, 2002, S. xv–xvi.

Kapitel 1

1 *Hinter den Spiegeln*, VI.
2 Zit. n. Stuart Dodgson Collingwood, *The Lewis Carroll Picture Book*, T. Fisher Unwin, London, 1899, S. 258, 260.
3 Ibid., S. 165.
4 Kenneth Grahame, *Der Wind in den Weiden, oder der Dachs läßt schön grüßen, möchte aber auf keinen Fall gestört werden*, dt. Übers. v. Harry Rowohlt. Gertraud Middelhauve Verlag, Köln, 1973 [engl. Original: 1908], S. 176.
5 Collingwood, *Picture Book*, S. 166–67.
6 *Hinter den Spiegeln*, I.
7 *Hinter den Spiegeln*, VI.
8 Charlie Lovett, *Lewis Carroll Among His Books. A Descriptive Catalogue*, McFarland, Jefferson, NC, 2005, S. 3.

Kapitel 2

1 Lewis Carroll, „Alice on the Stage", *The Theatre*, April 1887, in Collingwood, *Picture Book*, S. 165, zit. n. Gardner, *Alles über Alice*, S. 8.
2 Humphrey Carpenter und Mari Prichard, *The Oxford Companion to Children's Literature*, Oxford University Press, Oxford, 1984, S. 17.
3 Darton, *Children's Books*, S. 260.
4 Robert Phillips, *Aspects of Alice*, Penguin, Harmondsworth, 1971, S. 119.
5 *Wunderland*, X.
6 Zit. n. Gardner, *Alles über Alice*, S. 25.
7 *Wunderland*, II.
8 Charles Lamb, *Collected Letters*, hrsg. v. E. V. Lucas, Methuen, London, 1935, S. 326.
9 Charles Dodgson, „My Fairy", in *The Complete Illustrated Lewis Carroll*, Wordsworth Editions, Ware, 1996, S. 700.
10 *Wunderland*, I.
11 Ibid., IX.
12 Zit. n. Gardner, *Alles über Alice*, S. 113.
13 *Wunderland*, X.
14 Morton N. Cohen, *Lewis Carroll. A Biography*, Macmillan, London, 1995. S. 80.
15 *Wunderland*, I.
16 *Hinter den Spiegeln*, IX.
17 Siehe Horst Dölvers, *Fables Less and Less Fabulous: English Fables and Parables of the Nineteenth Century and their Illustrations*, University of Delaware Press, Cranbury, NJ, 1997.
18 Siehe Richard Foulkes, *Lewis Carroll and the Victorian Stage. Theatricals in a Quiet Life*, Routledge, New York und London, 2017.
19 John Payne Collier, *Punch and Judy*, Bell and Daldy, London, ^{5}1879, S. 78, unter: archive.org/details/punchjudyoocolluoft [5. November 2018]
20 Charles Kingsley, *Die Wasserkinder. Ein Feenmärchen für ein kleines Landkind*, deutsch von Eduard Prätorius, Wartig, Leipzig 1880, Kap. 7.
21 Ebd., Kap. 1.
22 *Hinter den Spiegeln*, II.
23 Zit. n. Lewis Carroll, *Alice. Band 2: Durch den Spiegel und was Alice dort fand*, hrsg. v. Günther Flemming, epubli, S. 289–90.
24 *Hinter den Spiegeln*, XIII.

Kapitel 3

1 *Wunderland*, IV.
2 Ibid., I.
3 Ibid., II.
4 *Hinter den Spiegeln*, I.

5 *Wunderland*, I.
6 Arthur Ransome, *Missee Lee*, Jonathan Cape, London, 1941, S. 186.
7 *Wunderland*, I, leicht modifiziert.
8 *Wunderland*, II.
9 Ibid., I, hier und im folgenden Zitat abweichend nach Gardner, *Alles über Alice*, hier S. 30.
10 Ibid., zit. n. Gardner, *Alles über Alice*, hier S. 32.
11 *Under Ground*, II.
12 Siehe Mark J. Davies, *Alice in Waterland. Lewis Carroll and the River Thames in Oxford*, Signal Books, Oxford, S. 79, zit. n. Gardner, *Alles über Alice*, S. 31.
13 *Under Ground*, II, zit. n. Gardner, *Alles über Alice*, S. 34.
14 *Wunderland*, III.
15 *Wunderland*, VII, Namen nach dem englischen Original.
16 Ibid., IX, hier abweichend zit. n. Gardner, *Alles über Alice*, S. 109.
17 *Wunderland*, VI.
18 Zit. n. Gardner, *Alles über Alice*, S. 113.
19 Ibid.
20 Ibid., S. 120.
21 *Wunderland*,, X.
22 *Hinter den Spiegeln*, VII.

Kapitel 4

1 *Hinter den Spiegeln*, I.
2 *Wunderland*, VII.
3 Zit. n. Gardner, *Alles über Alice*, S. 56.
4 *Wunderland*, V.
5 *Wunderland*, IV.
6 Kingsley, *Wasserkinder*, Kap. 1 und Kap. 8.
7 Donald Thomas, *Lewis Carroll: A Portrait with Background*, John Murray, London, 1996, S. 185–86.
8 *Hinter den Spiegeln*, V.
9 *Wunderland*, VII, hier zit. n. Gardner, *Alles über Alice*, S. 82.
10 Ibid., zit. n. Gardner, *Alles über Alice*, S. 83.

Kapitel 5

1 *Hinter den Spiegeln*, VIII.
2 *Wunderland*, II.
3 Ibid., XII.
4 *Hinter den Spiegeln*, VIII.
5 Jenny Woolf, *The Mystery of Lewis Carroll, Discovering the Whimsical, Thoughtful, and Sometimes Lonely Man who Created* Alice in Wonderland, St. Martin's Press, New York, 2010, S. 57–8.
6 *Wunderland*, XII, zit. n. Carroll, *Alice*. Band 2, hrsg. v. G. Flemming, S. 238.
7 *Hinter den Spiegeln*, ohne Kapitelzählung, S. 9.
8 Ibid., ohne Kapitelzählung [S. 10].
9 Ibid., ohne Kapitelzählung, o. S.
10 *Hinter den Spiegeln*, VI.
11 Ibid., VIII.
12 Ibid.
13 Ibid., VI.
14 Zit. n. Gardner, *Alles über Alice*, S. 273.
15 *Hinter den Spiegeln*, VIII.

Kapitel 6

1 Jenny Woolf, *The Mystery of Lewis Carroll*, S. 285–86.
2 Lewis Carroll, *Die kleine Alice*. Mit Bildern von John Tenniel. Übersetzt aus dem Englischen und mit einem Nachwort von W. E. Richartz. Diogenes Verlag, Zürich 2008, o. S.
3 Ibid., S. 66.
4 Jan Susina, *The Place of Lewis Carroll in Children's Literature*, Routledge, New York und London, 2010, S. 6.
5 Guy Arnold, *Held Fast For England: G.A. Henty, Imperialist Boys' Writer*, Hamish Hamilton, London, 1980, S. 17.
6 Carolyn Sigler (Hrsg.), *Alternative Alices: Visions and Revisions of Lewis Carroll's Alice Books. An Anthology*, University Press of Kentucky, Lexington, KY, 1997, S. xi.
7 Lewis Carroll, *Sylvie und Bruno. Eine Geschichte*, dtv, München, 2006, S. 14.
8 Siehe U. L. Knoepflmacher, *Ventures into Childhood: Victorians, Fairy Tales, and Femininity*, University of Chicago Press, Chicago, 1998, S. 352–70.
9 Phillips, *Aspects*, S. 332.
10 Siehe etwa Karoline Leach, *In the Shadow of the Dreamchild: The Myth and Reality of Lewis Carroll*, Peter Owen, London, 2009, S. 193–96.
11 Phillips, *Aspects*, S. 257.
12 Ibid., S. 258, 265.
13 Paul F. Boller, Jr. (Hrsg.), *Presidential Anecdotes*, Penguin, Harmondsworth, 1982, S. 243.

WEITERFÜHRENDE LITERATUR

Editionen

Carroll, L., *Alice's Adventures Under Ground: A Facsimile*, British Library, London, 2008. www.bl.uk/collection-items/alices-adventures-under-ground-the-original-manuscript-version-of-alices-adventures-in-wonderland

Carroll, L., *The Nursery Alice*, Macmillan Children's Books, London, 2015 (dt.: *Die kleine Alice*, übers. v. Walter E. Richartz, Diogenes, Zürich, 2008).

Collingwood, S. D. (Hrsg.), *The Lewis Carroll Picture Book*, T. Fisher Unwin, London, 1899. Später erneut herausgegeben unter den Titeln *Diversions and Digressions of Lewis Carroll* und *The Unknown Lewis Carroll.* https://archive.org/details/lewiscarrollpict00carruoft

Gardner, M. (Hrsg.), *Alles über Alice. Lewis Carroll in der Übersetzung von Günther Flemming. Einführung und Anmerkungen von Martin Gardner, übers. u. ergänzt v. Friedhelm Rathjen*, Europa Verlag, Hamburg, 2002.

Hunt, P. (Hrsg.), *Alice's Adventures in Wonderland and Through the Looking-Glass*, Oxford University Press, Oxford, 2009.

Biografisches

Douglas-Fairhurst, R., *The Story of Alice: Lewis Carroll and the Secret History of Wonderland*, Harvill Secker, London, 2015.

Hudson, D., *Lewis Carroll: An Illustrated Biography*, Constable, London, 1954.

Leach, K., *In the Shadow of the Dreamchild: The Myth and Reality of Lewis Carroll*, Peter Owen, London, 2009.

Thomas, D., *Lewis Carroll: A Portrait with Background*, John Murray, London, 1996.

Woolf, J., *The Mystery of Lewis Carroll: Discovering the Whimsical, Thoughtful, and Sometimes Lonely Man who created* Alice in Wonderland, St. Martin's Press, New York, 2010.

Literatur zur Erschließung der Originaltexte, Literaturkritik

Elwyn Jones, J. und J. F. Gladstone, *The Alice Companion. A Guide to Lewis Carroll's Alice Books*, Macmillan Press, Basingstoke, 1998.

Phillips, R., *Aspects of Alice*, Penguin, Harmondsworth, 1971.

Von Oxford in die Welt hinaus

Jaques, Z. und E. Giddens, *Lewis Carroll's* Alice's Adventures in Wonderland *and* Through the Looking-Glass: *A Publishing History*, Ashgate, Farnham, 2013.

Sigler, C. (Hrsg.), *Alternative Alices: Visions and Revisions of Lewis Carroll's Alice Books. An Anthology*, University Press of Kentucky, Lexington, KY, 1997.

Susina, J., *The Place of Lewis Carroll in Children's Literature*, Routledge, New York und London, 2010.

Tosi, L. mit P. Hunt, *The Fabulous Journeys of Alice and Pinocchio*, McFarland, Jefferson, NC, 2018.

Örtlichkeiten

Davis, M. J., *Alice in Waterland: Lewis Carroll and the River Thames in Oxford*, Signal Books, Oxford, 2010.

Lovett, C., *Lewis Carroll's England: An Illustrated Guide for the Literary Tourist*, White Stone Publishing, London, 1998.

Spezialthemen

Lindseth, J.A. und A. Tannenbaum (Hrsg.), *Alice in a World of Wonderlands: The Translations of Lewis Carroll's Masterpiece*, Oak Knoll Press, New Castle, DE, 2015.

Lovett, C., *Lewis Carroll Among his Books: A Descriptive Catalogue*, MacFarland, Jefferson, NC, 2005.

White, L., *The Alice Books and the Contested Ground of the Natural World*, Routledge, London und New York, 2017.

Wilson, R., *Lewis Carroll in Numberland: His Fantastical Mathematical Logical Life*, Allen Lane, London, 2008.

Kinderliteratur

Carpenter, H., *Secret Gardens: A Study of the Golden Age of Children's Literature*, Unwin, London, 1987.

Carpenter, H. und M. Prichard, *The Oxford Companion to Children's Literature*, Oxford University Press, Oxford, 1984.

Darton, F. J. H., *Children's Books in England*, dritte überarb. Auflage, B. Alderson, Cambridge University Press, Cambridge, 1982.

Knoepflmacher, U. L., *Ventures into Childhood: Victorians, Fairy Tales, and Femininity*, University of Chicago Press, Chicago, 1998.

Murphy, R., „Darwin und 1860s Children's Literature: Belief, Myths, or Detritus", *Journal of Literature and Science*, 5, 2, 2012, S. 5–21.

Romane

Thomas, D., *Belladonna: A Lewis Carroll Nightmare*, Macmillan, London, 1983.

Roiphe, K., *Still She Haunts Me*, Review, London, 2001.

ABBILDUNGSNACHWEIS

4 „DIE FLASCHE", Detail einer von E. Gertrude Thomson illustrierten Spielkarte. Oxford, Bodleian Library, John Johnson Collection: Card Games 6 (1)
8 „ZU SPÄT'", sagte das KANINCHEN", Detail einer von E. Gertrude Thomson illustrierten Spielkarte. Oxford, Bodleian Library, John Johnson Collection: Card Games 6 (1)
10 © The Governing Body of Christ Church, Oxford, Carroll-A14
13 © The Governing Body of Christ Church, Oxford, Carroll-Photography-[A].VII-Album, Fol. 39r
14 Princeton University Library, Department of Rare Books and Special Collections, IN 0355 - Album I (75)
16 „ALICE UND DIE CHESHIRE-KATZE", Detail einer von E. Gertrude Thomson illustrierten Spielkarte. Oxford, Bodleian Library, John Johnson Collection: Card Games 6 (1)
18 Oxford, Bodleian Library, MS. Top. Oxon. d. 493, Fol. 29
19 © The Governing Body of Christ Church, Oxford, Liddell Doodles 05
21 Fotografie von Eleanor Sanger. Mit Genehmigung des Governing Body of Christ Church, Oxford
22 Princeton University Library, Department of Rare Books and Special Collections, IN 0213 - Album I (40)
23 Oxford, Bodleian Library, John Johnson Collection: Oxford Caricatures 9 (63)
24l © National Portrait Gallery, London, P991 (8)
24r © British Library Board. Alle Rechte vorbehalten / Bridgeman Images, Add. MS. 46700, Fol. 46v
26 Oxford, Bodleian Library, Johnson e.2810, Illustration XIII
28 © National Portrait Gallery, London, mw01890
29 © National Portrait Gallery, London, P237
30 Yale Center for British Art, Paul Mellon Collection, B1981.25.160
32 „ALICE UND DER FLAMINGO", Detail einer von E. Gertrude Thomson illustrierten Spielkarte. Oxford, Bodleian Library, John Johnson Collection: Card Games 6 (1)
35 TePapa Museum, Neuseeland, LS.007318
40 Oxford, Bodleian Library, Opie PP 305, *Struwwelpeter Junior*, 1895
42 Oxford, Bodleian Library, Mal. I 107, S. 78, *Punch and Judy,* illustriert von G. Cruikshank, 1870
43 „ALICE WÄCHST IN DIE LÄNGE", Detail einer von E. Gertrude Thomson illustrierten Spielkarte. Oxford, Bodleian Library, John Johnson Collection: Card Games 6 (1)
46 Oxford, Bodleian Library, N. 2288 b.6, Bd. 475
48 Library of Congress, Prints and Photographs Division
50 Oxford, Bodleian Library, Opie AA 128, Frontispiz
51 Foto © Patrice Cartier / Bridgeman Images
52 „ALICE IM WUNDERLAND", Detail einer von E. Gertrude Thomson illustrierten Spielkarte. Oxford, Bodleian Library, John Johnson Collection: Card Games 6 (1)
55 Oxford, Bodleian Library, Opie AA 128, S. 44
56 Oxford, Bodleian Library, 2538 e.359, *Alice's adventures in Wonderland*, 1907
58 © The Governing Body of Christ Church, Oxford, Carroll-B1r
59 Oxford, Bodleian Library, 2538 e.357, *Alice's adventures in Wonderland*, illustriert von Arthur Rackham, 1907, zwischen S. 28 und S. 29
61ol © The Governing Body of Christ Church, Oxford, Zinkografie von Carrolls Mauseschwanzgedicht
61or © The Governing Body of Christ Church, Oxford, Carroll-A12
61ul © The Governing Body of Christ Church, Oxford, Carroll-A13
61ur Oxford, Bodleian Library, 2538 e.357, *Alice's adventures in Wonderland*, illustriert von Arthur Rackham, 1907, S. 31
63 © National Portrait Gallery, London, mw66625
64 Oxford, Bodleian Library, Opie AA 860
66 Oxford, Bodleian Library, G.A. Oxon 4° 412, Fol. 210
69 Oxford, Bodleian Library, Opie AA 128, S. 48
71 TePapa Museum, Neuseeland, LS.007309
72 „DER HUTMACHER, WIE ER DEN HOF VERLÄSST", Detail einer von E. Gertrude Thomson illustrierten Spielkarte. Oxford, Bodleian Library, John Johnson Collection: Card Games 6 (1)
75 British Library, Cup.410.g.74
76 Oxford, Bodleian Library, John Johnson Oxford Caricatures 9 (66)
77 British Library, Cup.410.g.74
79 Henry W. und Albert A. Berg Collection of English and American Literature, The New York Public Library
80 Wellcome Collection
81 British Library, Cup.410.g.74
85 Oxford, Bodleian Library, Johnson c.325, *English Celebrities of the Nineteenth Century*, 1876
86 „DER DODO", Detail einer von E. Gertrude Thomson illustrierten Spielkarte. Oxford, Bodleian Library, John Johnson Collection: Card Games 6 (1)
89 © The Governing Body of Christ Church, Oxford, Carroll-A1
92 Oxford, Bodleian Library, MS. Photog. c.185, Fol. 54
94 Oxford, Bodleian Library, M92.G03320, *Through the looking-glass, and what Alice found there*, 1887
95 Oxford, Bodleian Library, 2538 e.862, *Through the looking-glass, and what Alice found there*, 1927, Frontispiz
98 Oxford, Bodleian Library, 2538 e.357, *Alice's adventures in Wonderland*, illustriert von Arthur Rackham, 1907
102 Oxford, Bodleian Library, M92.G03320, *Through the looking-glass, and what Alice found there*, 1887
103 Lady Lever Art Gallery, National Museums Liverpool / Bridgeman Images
104 „AB MIT IHREN KÖPFEN!', SAGTE DIE KÖNIGIN", Detail einer von E. Gertrude Thomson illustrierten Spielkarte. Oxford, Bodleian Library, John Johnson Collection: Card Games 6 (1)
107 Reproduziert mit freundlicher Genehmigung der Verwalter des Dodgson Estate & Surrey History Centre
108 Oxford, Bodleian Library, Per. 211 b.4, 1/12, *Our Celebrities*, 1889
110 Yale Center for British Art, Paul Mellon Collection, B1975.4.1861
111 Oxford, Bodleian Library, N.G.A. Oxon a.4, S. 9
112 Oxford, Bodleian Library, Per. M. adds. 129 d.5 (Bd. 1), *The Theatre*, 1887
115 Blackwell's Rare Books
117 Oxford, Bodleian Library, G.A. Oxon 4° 413, Fol. 268
118 Mit freundlicher Genehmigung des Governing Body of Christ Church, Oxford, LP 285
121 Oxford, Bodleian Library, Opie AA 130

Vorsatz: Skizzen von Lewis Carroll, 1863–64. Mit freundlicher Genehmigung des Governing Body of Christ Church, Oxford, Carroll-B4r

REGISTER

Seitenzahlen, die auf Illustrationen verweisen, sind *kursiv* gesetzt.